阳光经过的日子

丰玮 著

台海出版社

图书在版编目（CIP）数据

阳光经过的日子 / 丰玮著. -- 北京：台海出版社，2021.4

ISBN 978-7-5168-2960-8

Ⅰ.①阳… Ⅱ.①丰… Ⅲ.①中国文学－当代文学－作品综合集 Ⅳ.① I217.2

中国版本图书馆 CIP 数据核字（2021）第 064568 号

阳光经过的日子

著　　者：丰　玮
出 版 人：蔡　旭
封面设计：中尚图
责任编辑：姚红梅
出版发行：台海出版社
地　　址：北京市东城区景山东街 20 号　　邮政编码：100009
电　　话：010-64041652（发行，邮购）
传　　真：010-84045799（总编室）
网　　址：www.taimeng.org.cn/thcbs/default.htm
E-m a i l：thcbs@126.com
经　　销：全国各地新华书店
印　　刷：河北盛世彩捷印刷有限公司
本书如有破损、缺页、装订错误，请与本社联系调换
开　　本：880 毫米×1230 毫米　　1/32
字　　数：180 千字　　　　印　　张：9.25
版　　次：2021 年 4 月第 1 版　　印　　次：2021 年 4 月第 1 次印刷
书　　号：ISBN 978-7-5168-2960-8
定　　价：59.00 元

版权所有　翻印必究

阳光经过的日子

目 录

第一篇　小说

转正

1. 人生的高度有多高

在鲁西北大平原的西部，蜿蜒着一条举世闻名的隋唐大运河，就在这美丽的河畔，坐落着一所学校——运河中学。

这里是一片平原，没有山，但这里的人们有比山更高的志愿；没有海，但这里的人们有比海更深的情感。

其实这里离五岳之尊泰山并不远，但运河中学的老师们想爬山的愿望还是盼了好几年。今年秋天的一个星期天，校长总算同意并决定亲自带领老师们去爬爬泰山，他们登山的理由美其名曰

"感悟人生的高度"。

　　大家本以为全体老师都会兴致颇高，积极参与，但有一位教师却坚持不去，那就是"老民办"——项立国。顾名思义，老民办项立国是学校的一名民办教师，在学校工作已经二十余年了，至于这个称号是怎么兴起的，人们不得而知了。项立国家世代为农，老实本分，尽管他已经成为一名民办教师，但仍然勤恳耕种，不忘本分。此次爬山，他不去的主要原因，一是因为他地里的农活很忙，再者是因为他生活很拮据，到那里买一点稀罕东西的钱对他来说都很困难。他性格内向，从来没走出过比县城更远的地方，大概是因为他很习惯过这种到定点的距离等于定长的生活。

　　项立国喜欢文学，尤喜欢在文学书籍里天马行空地驰骋一番，当然，他不光看，还会把感悟写下来，他曾写道："其实人生除了爱，剩下的还是爱，没有爱，这个世界会死去的，只有爱着，这个世界才精彩；只有爱着，这个世界才有了美丽的歌谣；只有爱着，这个世界才有了动人的旋律；只有爱着，人们才敢于舍弃生命去争取不想失去的东西。"

　　说到喜爱文学，运河中学还有一位民办教师，那就是被人们称为才女、喜欢诗歌的咏梅老师。前两年，咏梅的腿被校舍砸伤致残，从此她就成了挂着拐杖上课的教师了。这次爬泰山，腿脚不灵便的咏梅坚持跟几位老师一起爬，不坐索道。因为爬泰山是她从小的心愿，她因此还写了爬泰山的一些感受：

我一条腿伴着一根没有血液的木棒选择了去登泰山，泰山十八盘，行程如登天，前有古人，后有来者，生生不息。路人的欢歌笑语影响着我，所以我的心情格外好。

一路的虬龙松柏，例数着各朝帝王的碑碣，至于碑上的文字及含义，由于时间的原因我没顾上思考、领会。因为我的目标是登上玉皇顶，观望日出。所以尽管半山腰的奇花异草很吸引人，但却被我忽略了。

日出，这个如刮风下雨一样平常的自然现象，为什么很多人非要不辞辛苦地登上泰山顶去观望呢？大概同一个东西从不同的角度去欣赏给人们的启迪不同吧！同一个东西放在不同的位置，价值就不同。是啊，登上泰山顶来看日出付出的代价远远大于睁开眼就看大得多。

看着累倒在爬山路上的人们，脸上却尽显希望，这就是所谓的"心诚不痛，情真不苦"吧！去泰山顶的路上永远走不成孤独和痛苦。一步一个台阶，一个台阶一个美丽的梦想，向上再向上！

实在太累了，我就用手捂着我加速跳动的心脏，心儿告诉我打战的腿啊，不要停留，路还远着呢。打战的腿轻问磨破的脚："路还有多远？"脚自信地说："心在哪里，路就在哪里，没有比心更长的的路。"

到了玉皇顶，我向下俯视，正如古人云"一览众山小"，苍茫大地，万嶂叠山都在我的脚下。抬眼看看天空，天还是那么高，虽没有因我登上山顶而亲近我，但大自然赋予的自豪感却油然而生，而此时的日出，的确是震撼人心的美。

下山的路上，我还是仔细地品味了泰山的风景，真是一步一层天，风月无边。

2.教师节来了

爬山之后，老师们又回到了这片原野上的校园里。时令正值秋天。秋天这个让人欢喜让人忧的季节，会给他们带来什么呢？

盛开的花，飞舞的叶，沉默的果实，都是承载过夏天的故事才走到秋的。人生的意义不在于目的地，而在于沿途的风景！

一片金秋时节的田野紧紧地拥抱着校园，静卧在大运河畔。远远望去五彩缤纷的原野上托着一座白色的高楼，鹤立鸡群，明显地对抗着四周低矮的草房、苦涩的井水，如果没有国旗高高飘扬在那里，或许会有很多人误认为那座雪白的楼房是阔人的别墅，或医院，或民营企业，或私人工厂什么的。

仔细望去，大片大片的棉田占去了田野的大部分，因为这个地方是产棉大区。一条非常明亮的羊肠小道穿过田野，连接着运河中学和一个村庄。田野上几个劳作的庄稼人时隐时现。庄稼地里散落着几座坟墓。其中两座坟像是新添的，因为花圈上的花还是鲜艳的，零零星星地点缀着，并且坟上没有一棵杂草。坟前还有一堆纸灰，显然是亲人刚上过坟。另一座坟上的花圈却已破旧了，横七竖八地躺在那里，剩下的那些花圈架足以告诉人们，里面的主人埋葬的时间也不太长，因为时间长的死者的坟墓上除了杂草是什么也没有的。

今天是中秋节和教师节双至的日子，老师们也期待着学校给发的礼物。

"普九"后经过改造的运河中学，如今已竣工成三层教学楼了，楼顶上放着两个大喇叭，这是学校的宣传工具，运河中学因这座教学楼而感到荣耀，因为其为学校争夺了"市级规范化学校"的荣誉称号，老师们都引以为豪。楼前鲜艳的五星红旗高高飘扬，教学楼的后面是"普九"时没拆掉的两排长长的平房，用涂料涂了墙面，以此用作教师的宿舍。

扩音喇叭开始说话："老师们请注意，下了第三节课，到后勤室领节日礼品，领完后到会议室开会。"

项立国个子瘦而高，秃头顶，穿一身旧中山装，从办公室里走出来，正好碰见代课老师刘飘飘，见她一边抚弄着头发，一边向四处张望。她每天穿戴都很时尚，长得也很漂亮，今天穿一身蓝色的牛仔装，烫着大波浪。

刘飘飘笑嘻嘻地问："项老师，你希望今年过节发点什么礼品？"

老民办苦笑了一下说："发袋面粉就行。"然后问道，"你希望发什么？"

刘飘飘说："其实发什么无所谓，学校有这份心意就知足了。"

他们说着说着就来到了教师的第二排办公室，碰见咏梅老师拄着拐杖走过来。

老民办紧走了几步问咏梅："知道今年发点什么吗？"

咏梅说："听说发月饼。"

刘飘飘笑着说："猜也猜得出，今年教师节和中秋节赶在一块了，月饼这东西又实惠又当事，再说其他学校都发月饼。"

咏梅静静地听着没有说话，冲着老民办抿嘴笑了一下。老民办说："发月饼也好，两节并举，两全其美，非月饼莫属了。"

这时两个大学生走了过来，其中一个瘦而高的大学生无可奈何地抒着情说："大家都换个心态看问题或许好一些，如果你不是把它看成一种物质的东西，而是把它看成一份精神的鼓励，一份节日的祝贺，发什么东西都是快乐的。"

另一个胖而矮的大学生接着引申，子曰："贤哉，回也，一箪食，一瓢饮足矣。"

刘飘飘笑着说："不愧是中文系毕业生，满口之乎者也的！"

胖而矮的大学生摸了一下鼻子，苦笑着回答着，他们做得还不够，离古人圣贤差得还远，今后，还要大力学习古代圣贤颜回的精神——安贫乐道，独善其身，做到真爱无悔。

3. 吉祥的月饼

"项老师，快走两步，发完了礼品还开会呢。"咏梅回头喊了一声。老民办听了咏梅的喊声立刻紧走了几步。后勤主任一边递月饼一边解释着公办和民办像往常一样，待遇不同。公办老师每人五斤月饼，民办教师每人三斤。

年年都习惯了，民办老师们都不会嫌少。咏梅一手接过月饼，一手拄着拐杖独自走开了，什么也没说，脸上也没什么怨言。

"项立国，三斤。"后勤主任大喊着，老民办走上前，慌忙伸手接月饼，由于极速，不小心把装月饼的塑料袋给戳开了，结果月饼散漏出来，老民办慌忙地寻找起了包月饼的东西，发现窗台上有张报纸，他迅速地拿过来，将掉出来的月饼包了包，刚包好，他又突然看到报纸上一篇关于民办教师转正的文章，他迅速地把月饼又拿出来，把报纸平整好，如饥似渴地读起来，老民办的双手使劲地钳着报纸，如蟹的爪，那急切的感觉好似报纸会自己消失。

校园的喇叭又开始说话："分完月饼，马上到会议室开会。没到会的老师们请马上来，没到会的老师们请马上来。"老民办听到喊声迅速地用报纸把月饼包好，又把开裂的塑料袋使劲系了系，而后拎着月饼一路小跑。

一辆白色的轿车鸣着笛正驶入校园，慌乱之中老民办碰到轿车上，把手提的月饼又撒了一地。轿车戛然而止，黄头发女人探出来气愤地说："没听到鸣笛吗？你还横穿马路！"

老民办解释着说："这不，我忙着开会，晚了点名要罚钱的。"

黄头发女人听了这话，更气愤地说："怕罚钱也不能拿命跑！"

老民办听了这话愣愣地站到车前，眼巴巴地看着地上的月饼，像小学生犯了错，站到老师面前接受批评。黄头发女人见状也不再好意思说啥。

刘飘飘满脸堆笑地走过来，笑嘻嘻地说："哪阵风把你吹来了？"

黄头发女人下车说道："是顺风也是顶风，这不出门忘了看皇历差点撞到咱们辛勤的园丁身上。"

刘飘飘对黄头发的女人说："我到开会的时候了，要么你到我的办公室里等我？"

黄头发女人说："不等了，我也很忙。"说着她贴近刘飘飘的耳朵，小声说了几句。刘飘飘"幸福"地笑着点了点头。说完黄头发女人干脆利落地钻进小车，娴熟地打了个弯，鸣笛而去。

老民办也顾不了飞车后甩下的灰尘，他迅速地把车下的月饼拾起来，而后拼命地往会议室里跑。刘飘飘在后面笑着提醒："别再把月饼摔碎了。"

4. 谁也有激情

会议室的桌子上摆着糖和瓜子，老师们围桌而坐，但话语很少，有的吃糖，有的嗑瓜子。老校长干咳了一下，环视了一下老师们，掀了掀他讲话的笔记本笑了一下说："老师们登了泰山，玩得都很尽兴。学校也给老师们备好了一点礼品，算是对节日的一份祝福吧！利用这节课的时间，我们聚在一起共商教学大计，为下一步更好地教书育人，我建议大家都畅所欲言，然后再表演几个节目自娱自乐，祝贺自己的节日！大家都准备准备。"

老师们一听畅所欲言、表演节目，就立刻变成了没王的蜂儿活跃起来，你一言我一语，七嘴八舌，几个年轻的大学生几乎异口同声地问老校长："唱流行歌可以吗？都把磁带带来了，就等着抒发感情呢！"老校长回答："在联欢会上唱什么都可以，但不要在班上守着学生唱情歌。"

瘦而高的大学生说："咱校长总算思想开窍了，大家都提提神，别不好意思，我就先抛砖引玉吧，给大家唱一首《我和我的祖国》，祝愿我们和祖国一起健康成长。"唱完以后，老师们给予了热烈的掌声，并一致要求再唱一首。

瘦而高的大学生盛情难却，他知道这是为他的精神所鼓掌。接着他又给大家唱了首《泰坦尼克号》主题歌《我心永恒》。唱完之后，老师们又是一阵鼓掌。

胖而矮的大学生站起来说："人活着不能没有心愿，我最大的心愿就是培养好祖国的花朵，这是我的心里话，下面，我给大家唱一首《为了谁》。"

他那煽情的声音与动作再加上刻意模仿刘欢的风格，老师们都被感动了，竟然有几个多愁善感的老师眼里还湿润润的了。

老校长也被气氛感动了，他的情绪有些激昂了，声音洪亮地说："下面我们请咏梅老师为大家朗诵诗歌！大家都知道她喜欢写诗并且写得很好，大家都静一静好好听着啊。"

咏梅大大方方地站起来说："昨晚我刚写完了一首关于歌颂教师的诗，《三尺讲台，我的神州大地》，下面我读给大家听，算是为节日助兴吧！不过，这是两个人的朗诵诗，大家说劳驾校长合作一下好吗？"

老师们一起喊道："好，好。"

老校长说："诗的内容我还没看呢！"

咏梅说："认字就行，感情嘛，现场发挥吧！"

咏梅拿出早已准备好的两份诗稿，递给老校长一份，说："我甲你乙，现在开始。祝普天下的老师们都把三尺讲台看成祖国的神州大地。"

甲：走上讲台，我就神圣起来

　　仿佛成了伟人，成了富翁

乙：消化着小米馒头的身体，顿时也强壮起来

　　穿着打折廉价的衣服，顿时也潇洒起来

甲：走上讲台，我就走上了安贫乐道，就选定了淡泊名利

乙：走上讲台，我就练就了超然物外的气度，就把飞流直

　　下三千尺挂成万家灯火的窗帘

合：大江东去浪淘尽，润泽两岸青山绿

甲：讲台上的功夫，不只是传道授业解惑

乙：讲台上的功夫，不只是字词句篇照本宣科

甲：讲台上是播种太阳的地方

乙：是感悟真善美与天地同在的地方

合：是智慧与日月同升的地方

甲：走上讲台，就想起世界上最广阔的是海洋，就想起比

　　海洋更广阔的是天空

乙：比天空更广阔的是人类的心灵

甲：走上讲台，总觉得自己成了孩子们的百科全书

乙：走上讲台，总觉得自己是大写的人，是顶天立地的

　　英雄

甲：走上讲台，就注意起自己的言行举止，学高为师，德
高为范

乙：是啊，良言一句三冬暖，恶语伤人六月寒

甲：走上讲台，最怕调皮的学生轻哼《心太软》，尤其唱
到夜深了你还不想睡，我的鼻子就发酸

乙：每当唱到"你这样痴情到底累不累"，我就用笑容去
掩饰欲滴的泪

甲：选择了讲台，就选择了无怨无悔

乙：选择了讲台，就选择了人类的最美

合：三尺讲台，我的神州大地

老民办被咏梅的朗诵感动得眼睛红红的，他从衣兜里掏出
一个小塑料袋子，从里面拿出一张卷烟纸、一捏烟叶，卷烟的手在
不停地抖动，卷好后，划了一根火柴点燃，猛劲地吸了两口。

老师们听完咏梅的朗诵，心里像打翻了五味瓶，有的挠挠头，
有的搓搓手，有的摸摸脸，有的拍拍身上的灰尘。只有刘飘飘情
绪很平静地看着咏梅和老校长，当她看到老民办的动作和表情时，
情不自禁地笑了一声，这一声把老民办吓了一跳，老民办"腾"
的一下站了起来，引起老师们哈哈大笑起来。这一笑一站，引起
老师们对柳飘飘和老民办的注意，几乎异口同声地对刘飘飘说：
"刘老师，你给我们大家跳支舞吧！"

老校长接着说："对对，刘老师给大家跳支舞吧，你跳完之后，再请项老师给大家唱段京剧，老师们说好不好？"

老师们齐声说："太好了，太好了，怎么刚才我们就有眼不识泰山呢？"

老校长说："常言说好戏在后面嘛！"

刘飘飘一点没扭捏，她洒脱地走到播放机前，捡了一盘磁带放进去，转身对老师们说："不多说啦，给大家跳支迪斯科《潇洒走一回》。"

老师们看直了眼，有羡慕的，有自叹不如的，有不忍直视的，总之是开了眼界！

刘飘飘跳完了舞，她响亮地提议让老民办唱段京剧，接着老师们一起起哄说："唱！唱！"

老民办起身向前走了几步，张嘴就唱，刘飘飘说："停，你不用伴奏带啊？"

老民办说："不用了，随着人家的音我就没调了。"老民办唱到高调的地方，没有挑上去，他的脖子使劲地伸向天空，老师们见状又是一顿笑。

5. 别吵啦，开会

老民办的一段京剧结束了这场娱乐活动。

老校长接着说："咱唱也唱啦，跳也跳啦，总之热闹啦、欢庆啦，下面我给大家说几句正经事吧！老师们都静一静！"

由于气氛热烈，大家一时没有收住，老校长便急中生智道："告诉老师们一个好消息。"话音刚落，会议室死一般的寂静，"县里给了我校一个民办教师转正的名额，先讲课选出市模范，再考文化课，希望有关老师注意争取。"

这时，刘飘飘的手机响了，老民办又咳嗽起来，老校长干脆利落地说："散会！"然后大家一哄而散，老校长单独拉过老民办，说："项老师，你明天八点到教育局开教师模范会，七点半在学校大门口等着，有乡里的车捎着你。"

6. 黄昏人影

老民办骑一辆破旧"大金鹿"自行车，拎着月饼，回到了家。

老民办的家是一个用土坯墙加篱笆门圈围起来的院子。院内有四间土坯北房，靠东边有一间小厨房。房顶上长满了杂草，让人看了立刻想起杜甫的《茅屋为秋风所破歌》。

正在编小篮的女儿雪妮一见父亲拎着东西回来，高兴地把小篮一放迎了出来。雪妮个子不高，一双细长的眼睛，总是笑眯眯的，再配上她一头的短发，显得很温柔。自从去年母亲去世后，雪妮便放弃了读书，因为家里的里里外外都需要收拾，责任田也要种植。

老民办一松手，月饼又掉在地上。

老民办这下可急了，大声地埋怨着雪妮说："经不起再摔啦，你没见我不敢挂在车把上吗？就是怕碰坏，结果还是又摔坏了！"

雪妮赔着笑说："爹，你别着急，别生气，摔坏的我吃不行吗？"

老民办还是着急地说："不坏的没几个了，你捡出几个不坏的，我给你娘上上坟去，其余的你给赵奶奶送去吧。"

雪妮走到里屋换了一件红黄格子上衣，走到外屋的镜子前打量了一番，前平平后拽拽，上上下下拍打了又拍打，尽管新衣服上没有灰尘，可这件衣服是她心爱的上衣。雪妮乖乖地骑着老民办的"大金鹿"自行车去赵奶奶家了。

雪妮走后，老民办看了看不坏的那几个月饼，感觉拿着上坟有些单调，便极力地搜寻着屋内外的一切角落，希望能找出一些可供上坟用的东西。找着找着，他突然眼前一亮，门前小石榴树上的几个小石榴以及正挂满红枣的枣树吸引了他的目光。平时老民办对它们总是熟视无睹，这个时候却让他喜出望外，甚至倍感亲切，摘了一些老民办就出了家门。

老民办走在一条羊肠小道上，这条小路连接着他任教的学校和一座生他养他的村庄，它们之间的距离不是很远，大约二里路。老伴的坟就埋在这条羊肠小道边的棉田地里，这一片棉田地是老民办的责任田，他的棉棵长得五股三叉，就是不结棉桃。

老民办把上坟的东西放在老婆的坟前，卷了一支烟，倚到老伴的坟墓旁，他感觉像当年倚到老伴的身边一样舒服，心里踏实了许多。他望了望天空，黄昏将至，点着烧纸自言自语："老伴啊！我忘不了你，你跟着我受了半辈子苦，一天福都没享就走了，我难受啊！是我害了你的命啊！我对不起你啊，我对不起你啊！"他一连说了好几遍，冥冥之中他仿佛看见了二十多年前新婚时的老伴。

老民办和妻子很恩爱，每当老民办放学回家时，妻子总是拿过小扫帚上上下下给他打扫身上的粉笔末。每当老民办在灯下给学生批阅作业时，妻子总是做些针线活在一旁陪伴着。每当老民办批改作业忙不过来时，妻子总是替他把作业翻到该批阅的地方。二十几年来，妻子从来都是家里、地里一人忙，省出老民办的时间让他安心给学生上课。妻子长年累月地劳作，积劳成疾，得了心脏病。她总担心突然死去不能照料老民办的工作，就把学生的作业本上都拴上细线，告诉老民办批改作业的时候拎一下线就是了，这个方法省时间。

7. 惺惺相惜

咏梅放学后没有回家，她不由自主地拄着拐杖沿着羊肠小道向她的责任田谷子地走去，一路丰收的景象使她加快了脚步。她从人们的笑脸上看出了果实的重量。

她一跬坎坷行走，一路阅读秋天，等她走到自己的谷子地的时候，大吃一惊！为什么几天没来锄草，不但杂草没有横生，反而被清除得干干净净呢？这是谁干的？咏梅正在愣神思索，她的邻地传来一阵急速的咳嗽声，这是老民办的咳嗽声，这声音她非常熟悉，她清楚地知道每当老民办干活累的时候，或者天气冷的时候，他咳嗽的老毛病就犯。

咏梅大声喊了一句："项老师你别费力拔草了，看你这片棉田根本不挂棉桃，这些棉棵子长在地里也是白空耗养料。明天就是星期六了，我看差草带苗都拔掉算了，这样还可养养地，或许明年有个好收成。"

老民办说："拔了多可惜呀！

咏梅看了看老民办，无可奈何地惋惜地说："你的脑子什么时候才开窍呢？"

老民办说："明天对我来说很重要，今年我被评上县模范教师了，明天上午八点要准时到县里开会，而且还搭坐乡里的小车！"

咏梅说："你开你的模范会，不要紧，这活儿我先和雪妮帮着干，你回来拉着车子别忘了拉棉棵就行，天不早了，别干了，天上的月亮都出来了。"

他们两个走在羊肠小路上，皎洁的月光照在田野里，庄稼像在牛乳中洗过一样，朱自清早就在《荷塘月色》里说过这样的美景，但并不是人人都能经历过、领略过。咏梅看到沐浴着月光回家的乡亲们，感慨万千——秋天是庄稼人的全部，秋天是庄稼人百分之百的希望。

老民办仔细地打量着咏梅，他发现咏梅沐浴着月光很美，咏梅用花手帕在脖下扎了一个马尾辫，这是她一贯的发型，上身穿一件蓝白小碎花的上衣，下身穿一条白色的裤子，最美的是她那一双丹凤眼，泛着秋水，闪着光芒，让人觉得她就是真善美的花仙，天妒红颜，就是她的瘸腿美中不足，上帝就是这样，让美丽的维纳斯断去了胳膊，让美丽的咏老师断了腿。大概上帝认为美丽的东西就该是残缺的。咏梅被看得有点不好意思，但爽快地说："看什么，我脸上又没花！"

老民办顺着咏梅的话茬说："有花。"

咏梅笑着说："有什么花啊？"

老民办不假思索地说："春天的花。"

咏梅说："你还有闲心贫嘴，看你，今年你只顾了教毕业班了，把自己的责任田都误了，五亩棉田几乎没挂几个桃，你又没种粮食，工资时发时停的，这日子咋过呢！"

老民办有点悔意地说："当初我种点粮食就好了，那时只认为棉花价高，没想到价高的农作物不好管理。"

8. 垧声惊魂

老民办回家的时候，雪妮正做饭，雪妮没注意父亲走进来，听见声音，雪妮吓了一跳，惊奇地问："爹，怎么上坟上到现在呢！"

老民办把兜里的月饼往桌上一放说有点事晚了。

雪妮说："我只热了两个馒头，煮了一点面条。咱家一把米也没有了，面也仅有一点了。"

老民办听了没有吱声，沉默了好大一会儿，才说了一声："知道了，先吃饭。"

吃过饭，雪妮收拾碗筷。老民办坐在椅子上卷着烟，想着棉田、模范、毕业班、米面等事情，想着想着他从床底下的木箱子里拿出一把埙，一边用袖口擦试着埙一边往外走，老民办走到院子中间，把埙放在嘴上试吹了几下。

雪妮收拾完了碗筷，接着收拾桌上的东西，摸了摸布兜，见是月饼，随手掰了一块吃了起来。听见埙声，她悄悄地来到门口，探出头好奇地观看着，因为从小到大她从没见过父亲吹这东西。老民办不知道想吹什么，老是吹不成调，跑调跑得有点让人忍不住想笑，雪妮实在忍不住了，跑过去问老民办："爹，你想吹什么，你想不起调来，我给你唱。"

"不想吹什么，吹几声随便解解闷。"

"这是什么乐器？"

"埙。"

"我可从来没见过咱家这个埙，也没听你吹过。"

"埙是我们汉族的一种乐器，是你爷爷留下的，当年你爷爷放羊解闷吹的。你爷爷去世的时候我吹过一次，从此，好多年没吹过了。"

雪妮高兴地把老民办拽到小石榴树下的一块青石板上，说："爹，你坐下认真吹。我听着呢。"

"吹什么呢？"

"吹《满月秋实》。"雪妮喜悦地说。

"这个，我不会。我给你随便吹一个吧！"

老民办坐定后，雪妮靠着父亲也坐了下来，父女俩不约而同地望着月亮，雪妮静静地听着，一种低沉、空旷与远达的声音把爱恨缠绵吹得如痴如醉，埙声乘着月光向外传递着。

赵奶奶虽然不懂音乐，但她听见传来的埙声心情颇不平静。赵奶奶和老民办住在一个胡同，令世人惊讶的是，她为一个结婚仅一天的男人守了一辈子寡，付出了一辈子的情。

赵奶奶年轻时长得很美，如果你仔细打量，你会发现她对情义的执着在她浑浊的眼里依然存在，这种生死相守，不离不弃，刻进了她的骨头里与天地同在，与日月同辉，永远不会随着岁月的流逝而消失。赵奶奶虽然不懂音乐，但今晚她听了这埙的声音却老泪纵横，她打开窗子，望着模糊的月亮，想起了自己青春的时光。

咏梅和老民办家是两个胡同但是一墙之隔，咏梅家的房子也是四间，虽然是土坯房，但外部用砖又贴护了一层。她的家院并不大，那堵和老民办共用的墙头下种了一些爬蔓的丝瓜和扁豆角，其间有几棵向日葵长得高高大大的。今晚，她铺开信纸想给当兵的弟弟写封信，却听见了从老民办家传来的埙声，她感觉很奇怪，干脆放下笔，拄起拐杖向屋外走去，走到当院，那埙声听得更清楚了，她仔细聆听着、辨别着这声音的情绪，听了好大一会儿，也不知道这是什么曲子，只是感觉到这声音使她的心很乱，思绪情不自禁地随着埙声飞翔。

村子里的二寡妇听到埙声心烦意乱，她躺在床上辗转反侧，难以入睡。她干脆披衣下床走到窗前也望起月亮。

9. 搭车

老民办一大早醒来，他趁女儿雪妮不注意的时候，偷偷地将两个凉馒头装进黑革提包里，打算饿了充饥。老民办的这个黑革提包不知是哪一年过教师节时发的，平时舍不得用，只是有事的时候才舍得拎着它，那样他会感觉到体面些，尽管今天里面放着两个凉馒头。

老民办拎着包小跑着来到校门口，他手搭凉棚目光灼灼地向车来的地方望去，为等车，他连早饭也没顾上吃，恐怕错过搭车的机会，他认为车不可失，失不再来。此时，一辆辆车从他眼前呼啸而过，他挠了挠头，无可奈何地想起一句古诗："过尽千帆皆不是"。老民办上身还是穿着蓝中山装，给人一种革命本色永不变的倔强之感；下身换了件新裤子，是深灰色的，看起来有点瘦，这可是他当年娶媳妇时做的时尚裤子，大概是娶完媳妇第二天他就把新裤子脱了下来，再也没舍得穿，以备后用。这些年来老民办也没长胖，大的正式场合也不曾参加过，新裤子也就搁到现在，正好今天派上用场；不过他头顶上的头发越来越少，今天被风一刮，难免风吹草低见牛羊。

他等得有点不耐烦了，掏出凉馒头，咬了两口。正在这时，只见一辆客货两用车戛然停在学校门口。司机探出头没有和老民办说话，只是朝着老民办摆了一下手，老民办火箭似的跑过去"嗖"的一下钻进了车。车内的后座上已坐着两个人，老民办都不认识，也没人介绍，老民办努力地在后座上坐了下来。车刚开动，校长的胖夫人跑过来摆着手说："停一下，我今天进城有点事，搭搭车。"老民办见校长夫人执意要上来，他苦笑了一下说："嫂子，坐我这里吧，我坐后边车斗里去吧。"

校长夫人说："不用啦！项老师，挤挤吧！今天风不小，外边很冷，大家都受受累吧！"老民办耸了耸身子总算被挤在座位的一边半坐了下来。

小车行驶不远，突然又停在一位一手骑自行车、一手牵一条大黑狗的人面前。司机探出头大声喊："二舅，你这是干什么去？"

司机口中的二舅告诉司机前两天在养狗场买了一条看家护院的狗，买回来狗就不吃东西，这不他到城里兽医站给狗看病去。司机下车，手脚麻利地把自行车和那条黑狗放在后货斗里。然后司机拉开车门客气地问："我二舅有心脏病，又加高血压，经不住在后车斗里晃荡。谁发扬发扬雷锋精神，当当模范？"

听了这话，老民办像触电似的立刻钻出小车，爬到车的后货斗里，狗以为他是想侵犯主人的自行车，朝着老民办叫了两声。

老民办吓得向后闪了闪身子，而后，他哆哆嗦嗦地伸出手扶住自行车，狗没有再瞪他，他想，狗大概默认与他和平共处了。

后货斗的空间太大，位置任他选了好几处，但他总觉得坐在哪里都不稳，最后还是决定跟狗和自行车靠在一起比较稳定些。

风越刮越大，老民办瑟缩着脖子，从黑提包里掏出一个凉馒头，大口大口地吃了起来……狗看了看老民办，并没有摇尾乞怜，而是眼睛里放射出蔑视的目光。老民办以为狗饿了，掰下一小块凉馒头，放到狗面前，狗闻了闻没吃。老民办尴尬地打量着自己手中的凉馒头，又放在鼻子上闻了闻，发现馒头是有点霉味了，他暗自感叹，这狗的嗅觉是比人灵，的确，这馒头放了好几天了。

10. 老师的秋天

谷子低低地垂着头，咏梅一手拄着拐杖，一手拿着一些五彩缤纷的塑料袋，坎坎坷坷地走在乡间小路上，咏梅远眺着自己的谷子地，越来越清晰地看见一个稻草人高高大大立在那里迎风飞舞，她走近了一看，这个稻草人是插在自己地里的。

在一边拔棉棵的雪妮没等咏梅问话，就开了腔："咏梅姐，这草人是你班复习生李阳做的，我来的时候正碰上他在这里插草人，你看这个草人，他做得多漂亮啊，怕是吓唬不了麻雀，反而会引来更多的麻雀来和它做朋友。"

咏梅笑着说："那怎么办呢？越招越多。"

雪妮说："用活人呗，咱俩拔棉花棵，等我爹回来就让他站在地里当稻草人来吓唬麻雀，保证吓得麻雀不敢飞过来，并且还把从前吃的粮食再给送回来。"

咏梅听了这话笑得前仰后合，几乎笑岔了气。

咏梅走近草人，一边缠绕自己拿来的花塑料袋，一边思索着地里的杂草是否也是李阳给铲除的。李阳这个学生性格很孤僻，不喜欢合群，总是独来独往，更奇怪的是，李阳在上课的时候，目光总是有意无意地躲闪着自己。咏梅向四周看了看，棉地里的人们正在拾棉花，她的心一阵阵酸痛，她很低沉地问雪妮："你拿来几个钳镣？"

雪妮说："两个。"

咏梅坎坷地走到老民办的地里，什么也没说，拿起一个钳镣钳起了棉棵，雪妮说："不着慌，咏梅姐，反正一天两天也干不完。"

咏梅说："还是抓紧点好，也就星期六、星期天我和项老师有时间，五亩地的棉棵剩你自己钳，什么时候能完啊？"

将至黄昏的时候，老民办回到家，从手提包里拿出模范证书，捧在手里仔细地打量，一遍又一遍，如获至宝，老民办捩起衣袖又擦了擦本来没有灰尘的模范证书，最后恋恋不舍地放进一个木匣里，并且上了锁。然后脱掉那条新裤子，换上了旧裤子，急匆匆地向田野奔去了。

老民办拉着车子来到地里安慰着她俩说："天快黑了，都回家吧！活儿不是一天两天干完的。"

咏梅坚持着说："以后就更没空了，等你转正的事一忙，就更没空了。"

老民办说："今晚正是月亮天，我和雪妮吃过晚饭再来拔。"

咏梅说："我还来帮忙吗？"

老民办说："你晚上走路不方便，不要来了。"

老民办独自拉着一大车子棉棵，回到家的时候，累得已是满头大汗了，老民办蹲在门前喘着大气又咳嗽了几下，等他平静了一会儿后，卷了一袋烟。一支烟没吸完，雪妮就回来了，没等老民办问，雪妮说："我忘了一件大事，明天还要交篮子去，还有一些篮子没编完呢，耽搁了活儿人家要罚钱的，爹，地里的活儿我以后慢慢干，现在我得在家编篮子，你先去咏梅姐家借把米吧，今晚一点米都没有了。"

老民办为难地说："借了咋还人家？咱又没种谷子。"

雪妮爽快地说："没谷子咱还钱，我交上这些小篮，人家说这批货走了就给钱，这次一百多块呢！"

老民办走出家门突然看见一个女人背着一大包东西，从棉地那边走来，走得很急忙，等走近了才看清，这个女人原来是二寡妇。二寡妇留一头短发，穿一件黑白花的上衣。这人很开朗，说话嗓音响亮，没等老民办问话，她就大嗓地说："哦，是项老师啊，怎么刚开棉花就拔棉棵啊，是不是棉花柴比棉花价高呢！"

老民办听了这诓话真是哭笑不得，他只好顺着二寡妇的话茬说："借你吉言，但愿如此。"接着他又问二寡妇为什么回去这么晚，二寡妇说是因为棉花开得太稠拾不过来，就这样，他们寒暄了几句，二寡妇走开了。

11. 生活的诗意

老民办实在是没粮食吃了，来到咏梅家，一进屋，看见咏梅正在给弟弟写信：

亲爱的弟弟：

你好。在部队好好工作，努力站好最后一班岗。别挂念着姐姐，姐姐虽然腿残，但志不残，别再省着自己的伙食钱给姐姐买书了，看你寄来的照片都瘦成了小猴子。我想给你织一件毛衣，等你今年元旦复了员回家穿。

咏梅看见老民办进了屋，没有再继续往下写。咏梅笑了笑站起来迎接着说："欢迎光临！"就在咏梅这一刹那间的笑容里，老民办又发现咏梅的这双水灵灵的丹凤眼里还透着几分恰到好处的伤感。他们虽然一墙之隔，但老民办是很少登门拜访的。

老民办对着墙上贴的一首诗仔细地端详起来，咏梅笑着问老民办："你这个数学老师还喜欢诗？"

老民办说："会哭会笑的人都喜欢诗。"

咏梅笑着说："怪不得你昨晚的埙吹得那么动听，真没看出来你骨子里的儿女情长还那么重呢！相处这么多年一点蛛丝马脚都没露出来，够神秘的。什么时候学的吹埙？"

"小时候跟着父亲放羊时学的，小时候经常吹，长大了没吹过几次。"说完老民办开始小声嘟囔墙上的诗：

别问爱是什么

如果没有值得拥抱的东西

就拥抱一棵树吧

它一直在老地方等你

别问爱是什么

选一个满月的晚上，有点风最好

去听听风的倾诉

当它把你的长发掀起你就懂得了爱的道理

如果没有愿意看的东西

就看看云吧

它能把人间所有的烦恼带去

给无家的爱情暖暖的慰藉

别问爱是什么

梦中现一对戏水的鸟

是否鸳鸯

我们不必过多地追问

老民办看完诗，沉默了好大一会儿。

咏梅看着老民办那木偶般的神态，笑着说："瞎写的，值得这么深沉吗？"

老民办看了看咏梅说："挺有意思的，看来你写诗的功夫很高，可谓寂寞高手，以后我要向你学习。"

咏梅说："可别了，我可承受不起！"

说完没等老民办情绪反应过来，咏梅自己就笑起来，老民办被咏梅的笑声感染，他也"嘿嘿"地笑起来。

咏梅从煤炉上端下饭锅说："好了好了，诗不当饭吃，别看了，饭好了，在这儿吃吧！"

老民办实在不好意思说明来意，话到嘴边，掂了好几掂才说："咏老师，你家米还多吧？我打算借点。"

咏梅打破老民办的窘态，幽默地说："不管有多少，也不能见饿不救啊！"咏梅说着向她的米缸走去，老民办从衣兜里掏出布袋子跟了上去。咏梅刚向里舀了几瓢，老民办就说："好了好了。"

咏梅说："多给你点吧！我的新谷子快下来啦！"

老民办心里一阵酸痛，声音有点颤抖地说："咏梅，这次转正的名额咱校就一个，首先得有市模范以上荣誉，要么你准备准备。"

咏梅说："我哪一样也不占，评模范的时候总是不合格。我唯一的出路就是通过考民师转正。你好好准备准备吧，你民师转正考试已过了年龄，你就下决心争取市模转正吧。"

咏梅说着走到饭橱前，从里边拿出两包月饼放进塑料袋，执意让老民办拿给雪妮吃。老民办执意不要，咏梅有点着急，不过还是幽默地说："同是天涯沦落人，相识怎能不相帮！"

老民办苦笑了一下，拎着米和月饼走了。

12. 老民办的婚事

老民办拎着米和月饼进屋，见赵奶奶坐在炕边上，正喜气洋洋地和雪妮说话，老民办很客气地说了声："赵大娘来了！"

赵奶奶说："有个好事，我早就该来给你说。小国啊，听说咱村东头的二寡妇有心改嫁，我提了提你，她就同意了。如果你有心再续的话，我给你说说去，咱雪妮也同意你再续，眼看雪妮十八九了，再过几年也出嫁了，你得给找一个陪你的人。"

老民办笑着说："赵大娘，你看我拿什么再娶老婆？房子也老了，钱也没有，就连吃的也接不上。"

赵奶奶说："人家二寡妇说不嫌你穷，就图你有转正的希望。"

老民办说："这转正的事不是说转就能转啊。"

赵奶奶见老民办有点犹豫，又极力往细处说："人家二寡妇比你可小十五岁，长得细皮嫩肉，又没孩子，这样的好条件，你打着灯笼也不好找，你要是有心再娶的话就赶快收拾收拾房子，晚了可就捞不到了。"

老民办沉默了好大一会儿说："这么好的人咋会跟着我？是不是没生育能力？"

赵奶奶毫不客气地说："你这么大年纪了，还想两头都占？"
老民办被说得"嘿嘿"笑了两声。

第二天一大早，老民办就吩咐雪妮熬些糨糊贴贴墙。雪妮心有灵犀一点通，不问原因，只是会心一笑，跑到当院抱了一些柴禾，蹲到小饭屋里熬起糨糊。老民办一边哼着京剧，一边挑拣着舍不得贴墙的报纸，一会儿，雪妮把糨糊做好端来，父女俩满脸笑容，说着笑着贴起了墙。

正在这时，赵奶奶来了，她看见屋里裱糊一新的墙壁乐哈哈地说："这么一糊真像新房了，小国呀！再找个新炕单铺上，像样的新被子有吗？大后天晚上的日子吉利，收拾好了就选在大后天晚上把二寡妇接过来吧，免得夜长梦多。"

老民办一听后天晚上就把二寡妇接过来，他再也无法控制内心的兴奋，他腿脚有些失调地跑到里间屋，拿出一床前几年过教师节时发的床单，并急忙把床单抖开让赵奶奶看。赵奶奶喜笑颜开地说："好看，好看，你看这一朵朵的大红花多好看呀！"赵奶奶说着，拿过床单就往老民办的炕上铺。雪妮在一边帮忙，铺到床上一看，床单正好小了炕一半。

赵奶奶打量着说："大小都是新的。"

赵奶奶来到二寡妇家，二寡妇的母亲也在，正在灶下做饭，二寡妇在窗前正裁剪一块花布。

赵奶奶见状寒暄了几句，最后爽快地对二寡妇的母亲说："咱这亲事说定了，自古以来寡妇门前是非多，咱还是早过门吧！"

二寡妇的母亲说："就这么嫁给他？"

赵奶奶说："你打算给他要啥东西？"

"怎么也得给几百块钱买床被褥吧！"

"说实在的，他家穷，你又不是不知道，咱不就图小国有转正的事吗！"二寡妇的母亲听了这话沉默了好大一会儿。

赵奶奶说："日子就定在大后天晚上进项家吧，我查过，这个日子吉利。你们自己准备两床新被子，你看小国什么也没有，他又不会做针线，就可怜可怜他呗！"

二寡妇的母亲说："那可不行，他主儿再好，我们也不能自己抱着被子去！"

二寡妇忍不住开了腔："那就给我们折 200 元钱吧！这点钱不算多吧！俺自己做，说真的，再穷也得有床新被子吧！"

赵奶奶说："你就别为难他啦，以后他挣了工资都交给你管，不行吗？我走路又不利索，别叫我老是跑腿了！"

二寡妇的母亲有些着急地说："别提老师的工资了，好几个月都不发一分钱了，就是发了那点钱也顾不住吃喝，俺这么好的闺女图个啥，不就是图他有个转正的希望吗？这希望归希望，不是现在还没转吗？反正现在是没转正的老师，俺不能这么便宜地跟着他，你再跑一趟吧！不送 200 元钱这事就别提啦！"

赵奶奶赔着礼说："别急，别急，我老糊涂啦，说话不中听，我给小国再说说，就是砸锅卖铁也让他给你送 200 块钱来，你等着！"

赵奶奶人还没进门，声音就进了屋："小国哎，这新被子钱我说了一大堆好话不管用，看来新被子钱是省不了。"老民办看了看老钟已十二点了，他对赵奶奶说："赵大娘，明天我去借借吧，今天来不及了。"

赵奶奶走后，老民办躺在床上翻来覆去地睡不着，他爬起来卷了一袋烟，躺在床上吸着，考虑向谁借钱的事。想来想去，还是想到了咏梅。

一大早，太阳一出，老民办就起身去了咏梅家。咏梅正在家院里整理丝瓜秧、扁豆秧。她正故意把带有果实的秧子搭向老民办的院内。老民办一进咏梅的家，就把这"隔墙搭秧"看在了眼里，老民办着实激动了一下。老民办咳嗽了一声，咏梅扭过头不好意思地解释着说："几棵秧子乱爬，爬得到处是！"

项老师接着话茬说："是啊，尤其是爱爬墙头，你看爬得我墙头上，比你院里的都多！"

咏梅笑了一下，知道老民办的话意，没接着话茬说下去，而问："你一大早光临寒舍有什么急事？"

老民办原地站在那里，犹豫了好大一会儿，才支支吾吾地说："后天我和咱村东头的那个二寡妇要结婚了，咏老师，我手头上很紧，我向你借200元钱。"说完，不知为什么，老民办总觉得对不起咏梅，他竟不好意思再抬头看咏梅一眼。

咏梅笑着说："先恭喜你，到屋里来吧，我去拿。"咏梅从屋里拿出一床红花的床单和200元钱笑盈盈地对老民办说："这床单是前几年咱们过教师节时发的礼品，我记得你发的那个也是红花的，和我的花形一样，不过咱发的床单都是单人床上的床单，我想两个床单合在一起，铺在你的土炕上可能正好，把我这个送给你吧，祝你幸福。我再赞助你200元钱，不用惦记着还我了，我总想找个机会谢尉你呢，一年一年的，我的责任田你帮了不少忙，以后娶了新嫂子，不知道还能不能再麻烦上，先送礼巴结巴结，没别的意思。"

咏梅轻松的话语使得老民办的心七上八下，千言万语化作泪水在眼里积蓄着。由于表情太沉重，老民办用手使劲搓了搓脸，他想把眼里的泪水差进脸里。咏梅看出了他的全部情绪，幽默地安慰着老民办说："看，乐极生悲不是，大喜的日子眼睛出什么汗啊！快，回家凉央凉快去。"

这个地方有个老风俗，再婚的人改嫁时大都是在半夜里进对方的门，都说这样吉利。老民办看了看墙上的那台老挂钟，快十一点了，他找出那条开模范会时穿的瘦裤子与蓝色的旧中山装，穿好后，他拿起镜子来照了照，吓了自己一跳，他发现自己的五官没有一点好看的地方，越看越觉得自己陌生，只有他的眼神告诉他确实是自己。他左看右看总感觉自己的头顶秃了点，越加对自己不满意起来，他又翻箱倒柜找出了去年过新年时买的一顶新蓝帽子，可刚戴在头上，又感觉时令早了点。

在一旁的雪妮，看了看如此打扮的父亲，几乎命令似的笑着开了腔："我说老父亲，别戴帽子，戴上更不好看，头顶秃有什么不好！"

老民办说："秃头显老，没头发倒是另说。"雪妮看了看时钟，催着老民办说："爹，你看看钟表，天不早了吧！你打算怎么去啊？"

老民办说："用咱家的拉车子吧！还有几床被子，用自行车怕是驮不了。"

老民办进了二寡妇家，家中除了几个近家子的人外，没有多余的人在场。二寡妇的父亲客气地把老民办让进屋。他俩分坐在冲门的方桌旁的椅子上，二寡妇的父亲拿出一支烟递给老民办，老民办躲闪着身子说不抽不抽。二寡妇的父亲又端起一碗茶递给老民办，老民办又躲闪着身子说不喝不喝。此时的老民办像念私塾的学生一样很规矩，木偶般地坐着。

二寡妇的母亲冲着老民办开了话："俺闺女快人快嘴，没念过书但也没有心病，以后你俩可要好好过日子，不能打架生气。"

老民办说："你放心吧，俺从小就没打过架，小时候念书的时候常被人家打，有时候还被打哭了，哪来的胆打老婆呢！"屋里的人听了这话哈哈大笑起来，老民办被笑得有点摸不着头脑，他端了端本不想喝的茶，一紧张茶水洒在了手上，烫了自己一下，二寡妇的父亲见状连忙拿起擦桌布，一不小心又把茶壶碰到地上，摔了个粉碎。屋里所有的人都围了过来，擦桌子的擦桌子，扫碎片的扫碎片，这时二寡妇却拽了老民办一下指了指墙上的钟表，老民办恍然大悟，急忙说："婶子俺该走了，赵大娘说12点进门吉利。"

大家一起动手把新被子驾上拉车，二寡妇的母亲又放上两个包袱，二寡妇走出屋门又转过身，凝视了一下母亲，跪在了母亲的跟前，磕了个头，说："娘，你今后多受累了。"

13. 老民办的幸福生活

二寡妇嫁给了老民办，按村里的村俗该称呼二寡妇为项老师家或老民办家或立国妻。

进了门，民办妻问："雪妮呢？"

老民办说："从今以后就叫她去赵大娘家睡吧，也好给赵大娘做个伴。"

老民办和民办妻把被子抬进屋，老民办转身又去锁篱笆门，走进屋，见民办妻正在炕上铺被子。老民办高兴地打量着民办妻，见她穿一件花褂子，脖里系一条红色纱巾，整个体形和脸蛋都长得很丰满，性感十足。

民办妻铺完被子，她一边解自己的扣子一边催促老民办夜深了早点睡。老民办上了炕，好大一会儿没脱衣服，民办妻凑上去要给老民办解腰带。

民办妻突然惊奇地问："今年不是你的本命年吗？怎么不扎红腰带呢？"

老民办说："我从小就不迷信，大男人家扎什么红腰带，让人家看见笑话。"

民办妻以这个托词煞有介事地解自己的红围巾，然后抱住老民办的腰来回系……

第二天上午老民办来到学校，他的脸上不断地绽放着笑容。点上名，校长喊住了他："老项，老师们攒钱给你买了一件成器的结婚纪念品，一辆新自行车，在我屋里，放学的时候骑着它。"

老民办高兴地说："谢谢校长，谢谢老师们，媳妇正好需要一辆自行车呢！"

这时迎面走来了刘飘飘，她调笑着说："真是人逢喜事精神爽，这是放之四海而皆准的理论啊。项老师也不例外，带喜糖来了吗？"

老民办说："以后补上，以后补上。"

刘飘飘说："别以后啦！以后还结婚啊，一生还能结几次婚啊，刚才我点名的时候，看见咱这个月的奖罚表上你得的奖金最多。"

老民办问："多少钱啊？"

刘飘飘说："9.5元，就数你最多。"

老民办大方地说："那就把它都买成糖吧。"

刘飘飘干脆利索地说："这就买去，晚了不甜。"

这时咏梅过来起哄着说："对，晚了不甜，现在吃了才甜呢！"

老民办憨笑了一下说："好，我这就买去。"说着转身就走。

刚走几步，被邮递员喊住："项老师，有你的一封信。"老民办接过信小心翼翼地撕开一看是一张请帖，是多年不来往的老同学王机雨寄来的，大体意思是为太太举办一个家庭生日宴会，敬请新老朋友光临。读完请帖，老民办呆若木鸡，一时不知怎么办了。

老民办骑着旧自行车，领着新自行车放学回家，一进门，看见妻子就高兴地说："这自行车是老师们送给咱的结婚礼物。"

民办妻满脸堆笑着，一边接过自行车，一边夸奖着说："哟，这车子还是前边掏腿的呢，这紫色挺洋气的。"说着她高兴地在院子里骑起来，看样子比坐飞机还高兴。

雪妮放下小篮，也跑出来闹哄哄地说："我骑骑，我骑骑。"

民办妻下车，站在一边笑呵呵地看雪妮骑。

老民办掏出请帖读给老婆听，民办妻听了干脆利索地说："去，一定去，长长见识去，看看人家都是咋过的日子，都过得那么富裕。"

老民办说："这可不是说去就去的事，是要花钱的。"

民办妻说："这世道除了做梦不花钱，干什么不花钱？"

老民办说："我是想咱花这钱不值得，咱和人家不是一回事，长了见识也用不上。"

民办妻说："没有白花的钱。"

老民办不愿意让新老婆别扭，他从衣兜里掏出烟，从里面拿出一捏烟叶和一张卷烟纸，坐在椅子上，卷捻起来，老民办燃着烟，咳嗽了几声说："家里只剩下 50 元钱了，不知参加宴会要拿多少钱才合适？"

民办妻说："拿 20 元钱就行，咱又不求他们办事。"

在一旁骑车的雪妮听了老民办的这番话，脱口而出："给他们拎着两个小篮去吧！你看我编的小篮多漂亮呀！"

老民办说："光知道耍贫嘴，饭好了吗？吃饭，今天下午校长还让我早点去，说是有监考的事。"

民办妻说："给你说了两遍了，面粉不多了，刚进门不能饿着俺吧，巧妇难为无米之炊呀！"

好大一会儿，老民办才说："别唠叨啦，知道啦。"

吃完饭，老民办骑着那辆"大金鹿"牌旧自行车颠簸在羊肠小道上。路边的人们高兴地在田野里收获着果实，有拾棉花的，有割谷子的，有刨花生的，有掰玉米的，田野里一片欢歌笑语。老民办顿觉心里空荡荡的，一不留神骑到了庄稼地里。旁边的地邻看见了笑着说："项老师，到地里上课去啊！"

老民办苦笑了一下说："不小心骑滑了，骑滑了。"

老民办来到学校，径直来到校长办公室，校长笑眯眯地告诉他明天有一天的监考任务，老民办笑着答应着。

第二天，老民办监完了上午的场，去一家小饭店吃饭。他刚走进饭店，老板娘就一眼瞟见了他胸前戴的"监考员"的牌子，脸上立刻堆满了笑容，并亲切地招呼他落座，客气地沏茶倒水，并说："盼你来一趟不容易。"说完老板娘转身去拿"经营许可证""卫生许可证""健康许可证"等，一件一件地拿给老民办看，并解释说她的手续都很齐全。

老民办莫明其妙地看着老板娘，还没等他反应过来，服务员就把几盘子好菜端到了他跟前。老民办说自己不需要这么多菜！老板娘则说："您来吃顿饭是我的福气，照顾不周请多原谅。"

老民办惴惴不安地吃完了饭，到收费台付费时，老板娘拦住了他，笑嘻嘻地说："什么钱不钱的，你来吃顿饭是我们的福气。"说着便把早已把准备好的水杯拿给他，并笑眯眯地说，"送给您做个纪念，今后多关照！"

就这样，老民办糊糊涂涂地白吃了一顿饭，还赚了一个水杯。

老民办回到家，已近黄昏，见雪妮正在编小篮，没看见老婆，雪妮告诉他后娘捡谷穗去了，话音刚落，民办妻就背一大包谷穗进了家门。老民办迎上去得意地说："老婆，我发了一个高级水杯子！"

民办妻有些好奇地说："哦，我看看。"

雪妮拿过杯子，又倒进热水说："娘，这高级杯子盛上水一定好喝，你尝尝！"

民办妻端着面盆走过来说："就剩下这一顿的面粉了，没面了。"

老民办说："天快黑了，明天说吧！"

老民办坐在方桌旁的椅子上，卷了一支烟，点燃，吸了两口，咳嗽了两下，椅子被触动得"吱吱"地响了两下。

晚饭好了，一家人围着一个破旧方桌吃饭，老民办碗里有一个鸡蛋，他端起碗把鸡蛋夹给了老婆说："你今天太劳累了，还是你吃吧！"

民办妻夹过这个鸡蛋说："雪妮吃吧，雪妮是孩子。"

雪妮接过鸡蛋，用筷子夹开，一半给了老民办，一半给了民办妻，说："这样吧，别再推让了。"

14. 去城里参加舞会

早上，民办妻起得很早，她把带来的衣服，挨着件地试着穿，感觉哪一件也不满意。正在她为这事犯愁的时候，雪妮从赵奶奶家回来了，雪妮看到满炕的衣服，知道了后娘是为今天出门没有合适的衣服苦恼。雪妮没有言语，她走进里屋，拿出平时舍不得穿的黄红相间的方格子大衣，让民办妻试穿。民办妻穿上后，雪妮打量着说："你穿着正好，我穿着有点肥，你穿上显年轻多了，还显得很时尚。"

老民办只管坐在椅子上抽烟，打扮好的老婆催着他说："别抽了，走吧，到你老同学家抽好烟去。"

老民办看着兴致很高的妻子苦笑了一下，起身走到院子里把老师们送的那辆新自行车擦了一遍又一遍。老婆不耐烦地说："你给车子把脉呢？还不快到屋里换衣服去，都几点了。"

　　老民办耐着性子说："慌什么，你又不会跳舞。"

　　民办妻说："不会跳舞才想着看呢！"

　　老民办驮着老婆没骑多远，又突然停了下来。他摸了摸上衣的兜，像掉了魂似的，掉头就往回骑。民办妻在后面喊："你疯了，干吗去？"

　　老民办说："有个东西忘了拿啦，一会儿就回来。"

　　民办妻以为是拿帽子，她大声说："别拿帽子，你那帽子是棉的，这时候戴让人笑话。"

　　不一会儿，老民办便回来了，他骑到老婆面前使劲地撸了撸兜里的钢笔，民办妻明白了原来是为了钢笔才跑了一趟。老民办驮着老婆骑在田间小路上，他告诉妻子，那片空地是自己的棉田地，前些天刚拔完了棉棵，因为没时间管理，不结棉桃。妻子听了打一个"嗨"声说："白忙了一年也没个结果，寒心啊！拔了也好，养养地，明年再好好种！"

　　老民办夫妇到达生日舞会时，客人们早已到齐，先生们西装革履，太太、小姐们举止端庄，暗香浮动，他们都满面春风、喜笑颜开地寒暄着。

　　老民办夫妇刚走了几步就有些犹豫了，那光洁的地面犹如镜子，客人的目光从他们的身上很自然地转移到他们身后那布满尘土的脚印上，一时像观看外星人似的，鸦雀无声。民办妻拽了一下老民办，他们不约而同地看了看脚下及身后的脚印。民办妻急忙掏出手帕蹲下来擦拭。王机雨看到这一切，立刻把老民办和他老婆领到大客厅的一边就座。老民办坐到那里，心里却像掉了魂似的，他用手摸了摸头，老婆用手拽了拽衣角，接下来他们像吃了摇头丸似的不停地寻视着四周。这里的一切他们都感觉是那么的新鲜，民办妻看着客厅里的两个大花瓶问老民办："你说这大花瓶比咱家的米缸盛的粮食多吗？"

"人家这东西不盛粮食。"老民办解释道。

"那空着瓶子多可惜呀。"

"富人家可惜的事多着呢。"

这时，舞会开始，宾客们优雅地跳着舞蹈，只有老民办和老婆突兀地坐在宾客席间。

王机雨夫妇来为宾客献舞时，民办妻和老民办几乎同时伸了伸脖子，睁大了眼睛，眼前王机雨的夫人都五十多岁了，还打扮得犹如天仙一般，他们真不敢相信自己的眼睛，民办妻顿时觉得天旋地转，她用手捂了捂膨胀的头，仿佛置身人间天堂。老民办见妻子失态太严重，使劲地拽了她一下。

跳完舞后，宾客开始送生日礼物，金项链、银耳环、太太口服液、蜜雪儿化妆品……渐渐堆积着，当然也有送红包的，但是不太多。老民办见状急忙从裤兜里摸出打着卷的 20 元钱，王机雨见状向太太递了个眼色，没等老民办把打着卷儿的钱伸开，王机雨忙上前攥住了他的手说："你的日子不好过，就不要破费了。"

老民办不知说什么才好，只是不知所措地摸了摸头。这时老民办的老婆接着话茬说："俺庄户人家也不知道买什么好，这点钱孬好是俺的心意。"王机雨继续婉拒道："心意领了，钱就不破费了。"

15. 1 + 1 到底等于多少

午餐时，几个人围着一张餐桌坐定，老民办木偶般地坐在座位上，像小学生上课那样，就差没把手背起来。一位邻座的先生风趣地说："一看就知道你是位教师，听说还是位数学教师，那我们今天玩一玩你们数学老师得天独厚的数字智力游戏好不好？在座的各位都听好，谁猜错了罚谁酒。"

还没等大家同意，王机雨抢先说道："慢，我先说个大事。"

只见，王机雨走近老民办，拍了拍老民办的肩膀，和气地说："老项，我给你商量个挣钱的事，是这样的，我的工作单位养狗场就和你的学校隔一条运河，你可别认为它是个宰狗的地方，我们经营的都是名贵的宠物狗，场长是我姐夫，我在那里是业务主管，最近他让我联系一下给狗上课的事，说是最好找位教师，这不我就想到了你。关于上课的时间吗，辞了职全日上或课余时间上都可以，报酬很可观。"老民办一听给狗上课，脑子"嗡"的一下就晕了。

在座的人们一听到"给狗上课"都哈哈大笑起来，并不断重复着："给狗上课，给狗上课，有意思，有意思。"

王机雨挥着手说："笑什么，新鲜事，是吗？井底之蛙！什么年代啦还想不开，狗，也得素质教育，否则就卖不了好价钱。"一边说一边掏名片向老民办递去，老民办没有接，王机雨有点着急，理直气壮地接着说，"怕什么，你怕钱咬手吗？仅是课余时间给狗上一个月的课，就比你一个月的工资还多20块。要是辞了你现在的教学工作全日给狗上课月工资是你工资的五倍。这样的好事上哪里找去？你不愿意来不要紧，给宣传宣传，说不定别的老师还巴望不得呢！"

王机雨说着从衣兜里掏出两张人民币，递向老民办说："这200元钱就当宣传费。"

老民办见钱向后躲了躲身子，民办妻不耐烦了，她不顾一切地站起来，赔着笑脸说："我替他接过来吧！"

邻座的先生见王机雨的事情谈完，便说道："智力游戏开始，说是有一个办公室招聘人员就考了一道题，那就是 1＋1 等于什么？当时参加考试的有20人，19个人的答案都是2，只有1个人的答案不是 2，结果考上了，请问各位，答案到底是多少？"

席间鸦雀无声，人们面面相觑。邻座的先生见人们沉默不语，他继续补充说："咱这个玩法很简单，仅是个开心游戏，没什么荣辱羞耻，只是谁猜错了罚谁酒，热闹热闹而已，不过谁也不许耍赖，猜错了就喝。如果猜对了咱奖一瓶我们美梦厂家生产的黑美丝护发乳。"他看了看老民办的秃头顶，提高着嗓门继续说，"这个产品可具有治脱发效果。"

老民办挽了挽袖子，明显地露出一副跃跃欲试的样子，老民办脱口而出："1 + 1 就是等于 2。"

邻座的先生说："给你说 2 不对，你还说是 2，不是往酒杯上碰吗？喝吧！"

众人们起着哄说："喝，喝，不许耍赖。"

老民办端起酒杯一饮而尽，呛得他直伸脖子。他学着众人的文明吃相，小心地夹了一点菜放进嘴里，闭着嘴嚼着，显得很不自然，像是得了口腔炎似的。轮到别人猜的时候，他们都用脚互相暗示着"不知道"。老民办很不甘心，也感觉到非常没面子，心想，教了二十多年的数学连"1 + 1"都不知道是多少，这事传出去岂不叫人笑话死？众座们看出了老民办的心思，他们不约而同地激着老民办的火说："数学老师都不知道，谁还能知道呢？"顿时，老民办的一腔怒火被点燃起来，再次举起了手，要求再猜，众座们齐声说："第二次要是猜错了，就罚两杯。"老民办默认，他抬起头看了看屋顶，又四周看了看，见墙壁上有一张美人图画，于是他开始了联想，突然像哥伦布发现了新大陆，脱口而出："1＋1等于3。"

众座们哈哈大笑起来，邻座的那个人说："又错了。"

老民办自觉地喝了两杯酒。这次他夹了一块肉，由于他牙齿不太好，没嚼烂就咽了下去，噎得他伸了伸脖子。在一边的民办妻看不惯了，站起来说："我替他猜一下，1＋1不等于2，那管事的说等于多少就等于多少吧！"话音刚落，邻座的那个人便说："对了！来、来、来！咱敬大嫂一杯酒。"

民办妻从来没喝过白酒，可是此时她把两杯酒一饮而下，因为她担心如果她不喝会殃及老民办替喝。而邻座的那个人早已从准备好的提包里拿出洗发乳，递给民办妻说："嫂子，奖给你。"民办妻满脸堆笑地接过了洗发乳。

老民办酒劲大发，他一边说一边从衣兜里抽钢笔，又从衣兜里拿出卷烟纸，看样子是要用笔算一算。邻座的先生告诉他用笔是算不对的，回家要自己悟。

酒足饭饱之后，客人们开始回家。小轿车、摩托车和老民办的新自行车同时出发，一转眼一起出发的人们不见了，秋风乍起，甩下的滚滚飞尘还不能阻挡住慢行的人们。民办妻驮着东倒西歪的老民办在路上艰难地行驶着。

一路上民办妻一边骑车一边唠叨加埋怨，"我看你那同学如果不是因为给狗上课的事，才不给咱下请帖呢！"1＋1"明摆着等于2，连三岁的小孩都知道，叫他一忽悠就不等于2了，我随便说了一句反而得了一瓶洗发乳。这叫什么事呢？"

老民办说："别争论这事了，把洗发乳拿好了，回家洗洗头，兴许真能治脱发呢，那样咱也不白来。"

回到家，被老婆数落了一路的老民办一头栽到炕上，雪妮见父亲情绪不高，也没敢多问。民办妻一边给他捶背一边嘟囔着说："以后出门不知道的事就别说，人家不会把你当哑巴卖了。"

老民办说："我教了二十多年的数学，我不说'1＋1'等于2，我成了什么老师！"

民办妻说："人家说等于2不对，你还说等于2，不找上门挨罚吗？"

在一边编小篮的雪妮不知头和尾地接着话茬说："'1＋1'不等于2还等于3呀？"

民办妻说："对，你爹就说等于3。"

雪妮大笑着说："你傻呀！父亲大人，怎么等于3呢？"

老民办说："等于2不对，我就胡乱想象呗。"

民办妻和雪妮听了这话几乎笑岔了气。

老民办说："别笑了，你娘能耐大，人家猜对了，还奖了一瓶洗发乳呢！"

雪妮看了看洗发乳明白了一切，于是她冲着他们笑着说："哦！我知道了，广告都做到舞会上去了。"老民办说："做饭吧，做饭吧，别提这事了。"

民办妻走进厨房，看了看盛面粉的缸子提高了嗓门说："唉，我说当家的，一点面粉都没有了，明天早晨就喝西北风了。"

趴到炕上的老民办实在不愿动，懒懒地说："等明天再去买面粉吧！"

民办妻走到炕跟前，拽起老民办说："明天不行，起来起来，这就去，顺便再到养狗场去看看，给狗上课有什么不好，咱又不偷不抢不犯法，回来的时候再买袋面粉。"

"明天去不行吗？"

民办妻一边掏钱一边说："不行，人家给你宣传费你还不好意思拿，要不是这 200 元钱我们就得断顿。去去去，先到养狗场，把给狗上课的事定下来，要是晚了这好事说不定就被别人抢去了！别想不开，人家大学教授还有卖大碗茶的呢。"

老民办无奈道："别唠叨啦，我去不行吗。"

16. 上课

老民办来到运河大桥上，站在桥上极目远眺，运河对岸就是养狗场，狗场周围绿树成荫，一辆辆摩托车、小轿车时有出进。老民办又看了看西边的天，火红的夕阳和云儿缠绕着，变化莫测的景致时隐时现，似天堂又似地狱。

他回头再看看自己的学校，坐落在大运河的另一边，一片绿油油的田野包围着它，真是十足的田园风光。此时，他依稀听见在古运河畔劳动人民的欢歌笑语。他似乎又隐约听见自己如啼如诉的埙声。遥望万家炊烟，此时的老民办默默地感激起当初隋炀帝开凿大运河之壮举，敬畏那些为运河做出贡献的劳动人民。老民办来到狗场大门，站在门前犹豫了一下，看了看场门，正门是电动门，小侧门旁有一间传达室，院里也是三层楼，颜色也是白色的，和学校一样，外观上看起来跟学校有明显不同的地方有两点：一是学校没有电动门，二是狗场没有红旗。明显的标致当然还是镶在大门旁的"运河养狗场"这几个醒目的大字。可是老民办看见这几个字，往往会想起"运河中学"这几个字。当然院内两排长长的铁笼子圈养的狗提醒着他，这不是学校。

老民办心情很沉重地驮着面粉回家，自行车的车把上挂着两本狗学教材，妻子听见老民办进屋，立刻开了灯。老民办见妻子还没睡，催促妻子先早睡，自己要看一会儿狗教材。老民办独自坐在椅子上，凝视着狗教材，不知不觉地从衣兜里拿出烟，卷了一袋，默默地吸了起来，不时咳嗽了几声。

妻子迷迷糊糊地说："别抽啦，快睡吧，天不早了，你不是说明天县里要来听你评市模的课吗？"

老民办一想起讲课转正的事精神马上紧张起来，他急忙起身去里屋的床底下的纸箱里找前几天写好的教案。老民办拿出教案一看被老鼠咬去了半边，气得他把纸箱里的书全部都倒了出来，快速地检查着他认为重要的书是否也被老鼠咬坏，还好，其他损失不大。老民办带着气愤，拿着被咬坏的几张教案来到外屋平整好，又重新写了起来。

还没写半张，他就听见屋里唏唏唆唆地响了起来。老民办放下手中的笔，又迅速地来到里屋，将倒出来的这些书整理好装到纸箱里，然后到外屋坐定继续写教案。刚写一会儿，又听见里屋的纸箱里骚乱起来，老民办把笔一扔，拿起门后的笤帚，准备和老鼠决一死战。老鼠果然出来了，老民办奋力打了一笤帚，老鼠又窜了，老民办火气大增，拿起笤帚乱打了几下，这动静把妻子从梦中惊醒，民办妻迷迷糊糊地惊慌地问："你疯啦，干什么呢？"

"打老鼠。"

妻子说："现在的猫都抓不住老鼠，你就认输吧！咱家没粮食，它不吃书本吃什么？把你的书本都放到那个空瓦缸里，老鼠就咬不动了，快睡吧，都十二点多了，明天我早喊你，可别误了讲课评市模转正的大事。"

老民办有气无力地躺在炕上，翻来覆去睡不着，只听见窗外正淅淅沥沥地下着秋雨……

17. 校园内外

昨晚下了一场雨，小路泥泞不堪。老民办照样骑着那辆破自行车上班去，没骑多远，黏糊糊的泥巴塞满了挡泥瓦，车子原地不动了。老民办被迫下了自行车，在路边找了几根树枝，捅了捅泥巴。由于用力过猛，树枝频频折断。这时他隐隐约约地听见学校的预备铃响了，他的心猛然一揪，忙用双手去抠挡泥瓦里的泥。泥塞得很结实，他的手指甲被挖出了血，他干脆抬起脚踹了踹，然后骑上车拼命地往前去。自行车越骑越重，仿佛一种无形的力量牵扯着他，最后车轮不动了，随后"砰"的一声，老民办摔倒在地，自行车压在他身上。老民办站起身，没有再弄自行车里的泥，而是双手拎起自行车扛在肩上，大踏步前进。拐过弯，老民办忽见咏梅正拄着拐杖艰难行走，不时打了个趔趄，老民办凝视着她的背影，心中一阵酸痛。就在这时，咏梅一下子栽到地上。老民办扔下自行车快跑了几步，来到咏梅跟前把她拉了起来。老民办见咏梅的鼻子流了血，他摸了摸衣兜，没带手帕，便捣起自己的衣袖给咏梅擦了擦血。

这时上课铃响了，老民办一想到今天县局里来人听课，顾不了多想，也顾不了自行车，背起咏梅就走，鲜血淌了他一背。

咏梅再三地劝他："别管我，你快走，今天的课对你很重要。"

老民办坚定而又自信地说："不要紧，我课备得很熟。"

此时的老民办像刚从屠宰场回来一样，带着满身的泥巴和血迹，没顾上清洗就急忙走进了教室。一进门，老民办响亮地喊了一声："上课！"班长也响亮地回应："起立！"

待同学们坐定时，教室里的所有人都把目光都凝聚在老民办身上，惊讶不已。老民办往下一看，果然县局里来了两个人听课，还有本校的教导主任陪着。

老民办从衣兜里拿出几张写好的教案，刚想讲课，就咳嗽了几声，然后转身板书："正弦定理。"

沾满血和泥的手在黑板上熟练地写着，同学们和听课的人都惴惴不安地凝视着他那满手的血迹和满身的泥巴，更使他们纳闷的是，后背上也沾满了血。为此，他们心里一阵阵不安。不过，老民办凭借专业的素养与过硬的教学能力把大家的思绪都拉回了课堂内容中。

讲完课，县局里的两个人和学校的几位领导一起来到教研室评老民办的这节课。等了好大一会儿老民办还没来。老校长派人在校园里找了找也没找到，最后老校长亲自问了问咏梅，咏梅说："大概去路上扛他的自行车去了。"

老校长来到校门口，向着老民办来的那条小路眺望，只见老民办一人艰难地扛着自行车，正往学校的方向走来。

老民办走进教研室的时候，评课的老师刚好把课评完。老校长乐滋滋地说："你的课受到了领导的好评，今后继续努力。"老民办听了这话，什么也没说，总觉得苦难的一切烟消云散了。

放学回家，民办妻正在灶边做饭，一进门老民办就高兴得像喝醉了酒似的用古戏独白："娘子，讲课这一关我终于过去了，那下一关嘛还要考文化课。"

民办妻被他这一举动吓了一跳，仔细听完他的独白，才算放下心，笑着嘱咐他："知道考文化课还不赶快复习，还白话啥！"老民办走到里屋，翻箱倒柜地找出了考文化课的复习材料，时不时地还哼哼几句京剧，一想起今晚还要给狗上课，京剧立刻停止，接着声音洪亮地命令妻子："做好了饭你替我给狗场长说一声，说我今晚有事，不给狗上课去了。"

妻子说："答应人家的事怎能不依呢？"

老民办说："转正考文化课很重要，知道吗？"

妻子看见老民办那副得意而又执拗的劲，什么也没说，四周看了看新自行车不在，她骑起老民办的那辆旧自行车就出了家门。来到大运河，两畔的风景很优美，但民办妻没有时间去观赏。她径直向养狗场奔去。

民办妻来到养狗场，问了好几个人，才来到王机雨的办公室，敲门没人应答，她心想，既然来了就要向管事的说声儿，于是她决定到场长屋里请个假。民办妻打听着来到狗场长的办公室。由于心急，她"当当"地敲了几下门，屋里的狗场长吓了一跳，他急忙放下正在翻阅的狗画报，大声地说："请进！"

民办妻说："这门，俺咋就推不开呢？"

狗场长不耐烦地说："不知道转动一下门钮吗？"

民办妻边转边推，大概用力过猛，门开后，她被晃得紧跑了几步。民办妻大声地叫了一下："哎呀，俺娘哎！"随后又干笑了两声，胆怯地说道："俺是项立国的老婆，他有事来不了，叫俺来给你说一声。"

狗场长先是一脸的不高兴，但一看民办妻那羞涩的情态，灵机一动，立马转换了态度，说："你会给狗上课吗？"

民办妻为难地说："我不会。"

狗场长竟有点冲动，他站起来走了去，想拉民办妻的手。但民办妻机智地躲了过去，狗场长只能扫兴地说道："那走吧走吧，我知道啦。"

18. 交钱

教导主任让老民办去校长办公室，说是有重要的事安排。老民办忐忑不安地来到校长办公室，一进门他看了看校长的情绪，很不好，于是他半坐在沙发上沉默着。老校长看他如此小心的样子，突然笑了一下说："老项，别紧张，是好事，你转正的事。"

老民办听后，激动地有点坐立不安，一个劲儿地摸脖子，嘴也有点合不住了，他真想一下子飞出去围着校园跑上几圈！像马弛田野，鹰击天空，蝶飞花丛。

老校长接着说："但是，市模转正有个条件，要交 2000 元钱。"

老民办听后，心中燃烧的火焰一下子冷却下来，脸上的肌肉又各复原位，好大一会儿没说话，像吃东西太快被噎了一下。

最后一节自习课，老民办没有坚持到放学的时间就回了家。进门后他沉默不语，一屁股坐在椅子上，掏出烟袋包卷起烟来。妻子看着他那面如土色的样子不放心地问："没放学就回来，有事啊？"

老民办咳嗽了几声，长叹了一声说："我刚被通知转正的事。"

民办妻一听通知转正的事，走上前抱住老民办的头就亲，一边亲一边说："我可等到这一天啦。"

老民办推着紧紧勾住自己头的妻子说："我还没把话说完呢，还得交 2000 元钱呢！"

勾住老民办头的民办妻顿时像抱着一颗炸弹似的惊讶地说："2000 元钱，什么时候交呀？"

老民办说："明天、后天两天交齐。"

雪妮骑着自行车驮着一包柳条回到了家，一进院子就高兴地

喊领到篮子钱了，民办妻问领了多钱，

雪妮得意地回答："280元呢。"

民办妻有些着急地说："这不，你爹正为钱犯愁呢，转正得交2000元钱啊。"

雪妮知道自己挣的这点钱离父亲的大事需要的钱相差很远，她也没再说什么，只是默默地整理起驮来的柳条，好大一会儿才说了句："以后我晚上多加点时间编，多挣钱。"

民办妻对老民办说："听说咱村的小英和小花在青岛打工一个月挣800多块呢，要不也叫雪妮去青岛打工吧。"

老民办说："我不同意，你看咱村里在外面打工回来的几个女孩子，都学了一身坏毛病。"

民办妻说："那咋办呢。"

下午老民办上学走后，民办妻犯了愁，她想了想，唯一的希望还是狗场长。想着想着她竟然对着镜子打扮起来，头发梳了一遍又一遍，虽然是短发，但她坚持认为多梳理几遍会美丽些。接着，她换了好几件衣服都觉得显老，她干脆把参加舞会时穿过的雪妮的那件黄红格子大衣又拿出来穿在身上。然后又照了照镜子仔细地端详起自己的模样，她觉得脸上的皱纹和这件鲜艳的衣服实在不相称。她冥思苦想，终于想起了窗台上的那盒痱子粉，她拿在手里如获至宝，小心地在脸上擦起来，涂完后，总觉得脸上白了许多，也显得年轻了许多。而后她又找出了跟老民办结婚时围的那条大红围巾，打扮好后，总算满意地向大运河畔的狗场走去了……路不算很远，但她觉得这条路长途慢慢。

民办妻走进狗场，正碰上一辆黑色轿车迎面而来，民办妻一眼就看清了里边坐的是狗场长，旁边还有一个雍容华贵的女人。民办妻毫不犹豫地扑了上去，差点儿被车撞上！狗场长戛然停车。女人摇下玻璃探出头愤怒地说："找死呀？"

狗场长立刻摇下玻璃说："有什么大事，你怎么敢拦车？"

民办妻像抓住救命草似的拍着车窗说："有事，有事，有大事。"

民办妻这一凑近车窗，车里的女人像是闻到了什么怪味，本能地捂了捂鼻子，用眼角看了看民办妻说："你是老民办的老婆吧。"

民办妻点头。

狗场长趁车里女人捂鼻子之际迅速给民办妻递了个眼色说："先一边去，等回来说。"说完便关上车窗。

场长老婆低声道："这样的女人，还有什么成器的事找你？"

狗厂长说："大概是老民办的事。"

"看她脸上的粉子，抹得像白骨精，不是好东西，少和她来往。"

就这样，民办妻蹲在大门旁，眼巴巴地目送着远去的轿车。虽然远去的轿车在碾碎她的心，但她还是心里急切地盼望着轿车快些归来。秋风吹得她脖里的围巾像蝴蝶一样招摇着，此时此刻，她脑子里一片空白，什么想法也没有了，仅有一个念头，就是等着狗场长回来，能给他解决 2000 元钱。她蹲在那里，静静地为这个信念祈祷着，苦苦地等了半天，总算把狗场长等来了。狗场长回来后，把民办妻领进他的办公室。民办妻迫不及待地说："我急用 2000 元钱，项立国转正急用。"狗场长色眯眯地看着民办妻，从抽屉里拿出 2000 元钱，一边塞给民办妻一边大胆地搂抱，这时有人敲门，民办妻拿着钱慌慌张张地走了。

狗场长大声说道："好好好，有空我到你家说，你先回吧。"

19. 最幸福的时刻

晚上，老民办满脸愁容地放学回家，没等老民办坐稳，民办妻就从衣兜里掏钱，她不好意思去看老民办的目光，而是躲着老民办的目光，说："这是我从娘家借来的 2000 元钱，明天上学交上吧！"

老民办喜出望外，满脸的乌云立刻消散，那股高兴劲儿像小孩子过新年似的，手脚竟不知放哪里才好，一激动拽过妻子使劲地亲了一下。老民办开心道："等转了正，挣的钱多了，把以前的都补回来。你看，过了门这么长时间，也没买点像样的礼物去孝敬孝敬岳父母大人，真是惭愧。"

民办妻说："你也会耍贫嘴！指望你孝敬，下辈子吧。"

老民办戴着一顶新蓝帽子来到学校，他那兴奋的气色感染着每一位老师。老师们都笑着说："项老师真难得你有了笑脸，多少年了你这棵铁树总算开了花，真是人逢喜事精神爽。"

老校长看见老民办也笑着说："老项，你转正的事报上去啦，一切都办妥当啦，就等批下来填表了。"

老民办一听转正落实了，心里可乐开了花，真想躺在地上打几个滚。这时老师们越聚越多，一听说老民办快转正了，都七嘴八舌地闹起来，非让老民办买喜糖吃。老民办笑着说："我没带着钱，等我转了正涨了工资多给老师们买，好吗？"

老师们异口同声地说："不好，不好，现在吃才甜。"

刚签上名的咏梅豪爽地说："项老师，你没带着钱，我先借给你20块钱买糖去，人生四大喜，一年你就撞上两个，不吃你的喜糖吃谁的去。"

老民办正想接过咏梅的钱去买糖时上课铃响了。老民办给老师们道歉说："第一节我有课，改日再买吧。"

老民办腋下夹着课本，迈着矫健的步伐，跨步也格外高、远。

老民办一进教室，实在是控制不住内心的喜悦，情不自禁地冲着学生笑起来，并笑得收不住嘴。其实，学生们并不感觉奇怪，他们的观察非常敏锐，消息也非常灵通，他们在课下早就从老民办失控的行动上读懂了一切。这一切多是在老师们频繁地交谈"项老师转正"这一话题中知道的。等老民办站在讲台上目视着同学们激动得不知说什么的时候，同学们几乎异口同声地说："祝贺项老师成为一名正式的人民教师。"伴随着祝贺声，班长从桌底下拿出一束绢花，双手递给项老师，并深深地向老民办鞠了一躬，说："这是全班同学的心意，祝贺你项老师！"

老民办接过绢花，泪如泉涌，这是他人生中第一次抱花，他哽咽着嗓音说："谢谢同学们，谢谢！自己先预习一下第五单元的三角函数，我稳定一下情绪。"

老民办走下讲台，站在门口向教室外远望着，此时的他热血沸腾，踌躇满志。老民办稳定情绪后，他把课讲得像开了闸的河水一样声情并茂，滔滔不绝，这节课同学们给他鼓了好几次掌。

下了课，老民办抱着绢花从课堂上走出来，几个喜欢开玩笑的老师笑着说："还不赶快回家报喜去，让老婆早点高兴，反正人待在学校里心也坐不住了。"

老民办听了这话，摸摸怀中的绢花，整整头上的帽子，拍拍身上的粉笔末，嘴里说着"不慌不慌"，心里却恨不得一步飞到家。

而彼时狗场长正在他的家。原来，狗场长上午要骑着摩托车去县城，顺便打听来到老民办的家。狗场长一到老民办的家见只有民办妻一人便嬉皮笑脸地说："我2000块钱为你解了难，你也要为我解难，不是吗！"民办妻明白了一切。

此时的老民办兴高采烈地一手抱着绢花，一手骑着自行车，那股得意劲儿，像春风吹拂着田野。路上碰到老民办的人都被老民办的情绪感染着，看一眼他手里的花，心里都觉得美滋滋的。

20. 乐极生悲

老民办来到自家的门口，支住车子，把手中的绢花放在车座上，兴奋地推撞着篱笆门，奇怪的是篱笆门反锁着，他感觉奇怪。他没有马上开锁，而是睁大眼睛扫视着院里的一切，竟然有一辆红色的摩托车映入了他的眼帘，感觉莫名其妙的他快速掏出钥匙，由于手抖，一时竟对不准锁眼，反复几次终于打开了锁，直觉不允许他去赶车、去抱花，情绪牵动着他直向屋子奔去。

一推屋门——插着，老民办隔着玻璃一看，老婆和狗场长正慌慌张张地穿裤子。老民办几乎不相信自己的眼睛，他一脚踹开门，犹如原子弹爆炸一样直听"轰"的一声，一扇门被踹倒，玻璃碎了一地，他"飞"过废墟，抡圆了巴掌朝狗场长打去。

狗场长一边迎击一边说："你逞什么威风，你转正的钱哪来的？"

老民办不容分说，两眼冒着火星骂道："狗娘养的，滚！"

狗场长慌乱地跑出来开着摩托车跑了。

老民办抓起老婆的衣领厉声喝道："不要脸的女人，败坏了我项家的门风，马上给我滚出项家！滚出项家！"

民办妻跪在地上死死地抱住老民办的腿哭喊着央求："我……我……我不是和他相好，我是为了你转正啊，你转正的钱是他给的。以后我改，我改，这一辈子我真心跟着你过日子。"

老民办不容分说，一脚踢开老婆怒斥道："你竟敢骗我说钱是从娘家借来的！"

民办妻擦干眼泪，正视着老民办的目光，坚定地说："我再重复说一遍，我所做的一切都是为了你转正，不信你拿刀来把我的心挖出来看看。"

老民办拎起老婆的衣领一手把她拽起来，怒吼："住嘴，给我滚得远远的，别再叫我看见你，给我丢尽了人。"说完把她推得远远的。

民办妻哭着跑出家门，几乎和正进门的雪妮撞了个满怀。

雪妮从姥姥家回来，一进屋，就见门户破乱了一地，父亲也铁青着脸，就知道是他俩生了大气。她没敢问话，父女俩默坐了一会儿后，老民办说："什么也别问，什么也别管，今后你爹自己过日子。"

雪妮不好意思问原因只好默默地收拾着地上的碎玻璃。老民办坐在椅子上，卷着烟，吸了两口，咳嗽了几声，然后走进里屋把狗教材撕了个粉碎，又把腰里扎的红纱巾腰带解下来，用手撕了撕没有撕毁，扔到脚下踩了踩，还不解气，而后他又拿起火柴点燃。老民办沉默了好大一会儿，他拿出一张纸，给校长写了一个请假条，然后吩咐雪妮给咏梅送去让她捎给校长。

咏梅放学回家，正打算做中午饭，雪妮走了进来，人没进屋，声音就传到了屋里："咏老师，我爹让你给校长捎个请假条。"

咏梅急忙问："你爹怎么啦，上午还好好的呢，是不是有别的事？"

雪妮说："没别的事，我爹说就是有点头疼，不要紧。"

咏梅一听不要紧，才把提起的心又放到心窝里，微笑着说："雪妮，你今天去县城交篮子去吗？我写了一首诗，你如果去的话给我捎到邮局寄上，因为征稿日期截止到明天。"

雪妮说："是不是咱省里的《千年等一回》杂志征集的同题诗大赛？"

咏梅笑着用英语说："yes!"

雪妮说："听说得了一等奖，给1000块钱的奖金呢。咏老师，俺盼着你得奖，得了奖别忘了给俺买糖吃。"

雪妮从咏梅家回来，老民办还坐在椅子上一根接一根地吸烟，他那面如土色的神态如果不是一阵接一阵的咳嗽来证明他是个活物的话，真像尊石雕。

雪妮把这一切看在眼里，她心酸地打量起父亲，发现父亲像得了一场病似的，目光呆滞，面容昏暗，浑身散软。雪妮心疼地眼泪汪汪地对父亲说："爹，该吃中午饭了，我给你下碗面条吧！"

老民办没有说什么，也没有表情流露，只是冲着女儿向外摆了摆手，示意女儿不用管他，只管做自己的事就是了。

赵奶奶从雪妮这里知道了老民办的事，翻来覆去一夜也没睡好觉，还没等天亮，赵奶奶就来到老民办家。篱笆门没有上锁，她径直来到屋门前，惊慌地看见半扇门大开着，破乱一地。赵奶奶嘟囔着进了屋："什么事值得生这么大的气，把门都弄坏了，两口子不好好过日子，闹什么别扭？闹点别扭也不能结这么大的仇啊！"

老民办无可奈何地说："赵大娘，你这么大年纪了，别挂着我啦，你的心意我领了，现在我的心里实在是太难受了，有些事不便告诉你老人家。你放心吧，赵大娘，我们什么事也没有，我只是想今后自己过日子。我娶她的时候，也没登记。她走了就走了吧。赵大娘，我求你一件事，我们生气的事你千万不要对任何人说，常言说，家丑不可外扬。"

赵大娘说："净说傻话，这么好的媳妇往哪里去找，这事我总得弄个明白，这样下去也不是个办法，你不说我去问问你媳妇去，我好好劝劝她，到底是为啥事闹成了这个样子。"

赵奶奶来到民办妻的娘家，见民办妻的娘正在灶下做饭，民办妻在里屋还没起。赵奶奶就着急地对民办妻的娘说："好好的，说回娘家就回娘家，都多大啦还耍小孩子脾气，见风就是雨，为啥事啊，你当娘的匀道吗？"

民办妻的娘说："这不我这当亲娘的问了一晚上，一句话也没问出来，急得她爹直想打她，老嫂子，你去里屋再问问她吧！她要是再不言语你就别费心了，他们愿意怎么过就怎么过吧。"

赵奶奶走进里屋，见民办妻埋着头侧卧着，走近一看，民办妻没睡着，泪水浸湿了枕巾，眼睛也肿胀着。赵奶奶坐在炕沿上拍着民办妻的肩膀说："傻孩子，放着好好的日子不过，为啥闹别扭！"

民办妻听了这话泪水又一次滴落在枕巾上。她拽了拽被子，把自己的头捂得严严实实，哭着说："赵大娘，你什么也别问了，都怪我命不好，你这么大年纪了，就别再跑了，什么事都由命安排吧。赵大娘，你千万不要与别人声张。我第一次的婚姻不好，第二次婚姻又不幸，这事如果让别人知道了该笑话俺。你也别为这事太难过了，我命苦，我不埋怨任何人，更不怨爹娘和你。"

赵奶奶一看两人都下了决心，都不说因为啥，她真是没好办法了，只好自言自语地说："都不说为啥事闹别扭，我向着谁说理呢！"

民办妻的娘说："你这么大年纪了，就别为他们操心了，由他们去吧！"赵奶奶听了这话无可奈何地嘟嘟囔囔地走了。

21. 姐弟俩一只眼睛看光明

下午老民办才去上班，刚进校园正好碰到一辆警车，老师们雕塑般地凝固在原地一动不动。警车停在老师们面前，车内下来两个民警，其中一个严肃地说："谁是咏梅老师？请您跟我们马上去医院。"

老师们听完这话松了一口气。这时，老校长主动地走上前，客气地说："我是校长，有什么事吗？"

民警说："她弟弟咏松在省医院，需要她马上去。"

老民办把这一句话听得清清楚楚，他向前走了几步，对老校长说："我陪着咏梅去。"

老校长转身对咏梅说："项老师刚生了病，就不要让他去了，让两个老师陪着去吧。"说着，几个人慌慌忙忙地上了车。

校长对老民办说："项老师，你的心意咏梅领了，你回家歇歇吧！"

在车上咏梅得知，弟弟在复员回家的路途中为了乘客的财产安全，与车匪斗争时双眼被毁了。

咏梅见到医生就迫不及待地问："我弟弟的眼睛有危险吗？我是他的姐姐咏梅。"

医生态度严肃地告诉咏梅："你弟弟的眼睛再也无法复明了，不过要想见到光明，需要马上移植别人的眼角膜。"

咏梅听到这里，顾不上震惊与难过，她毫不犹豫地说："请马上移植我的一只眼角膜给我弟弟吧。"

就这样，咏梅逛过各种检查，终于顺利地做完了移植眼角膜手术。医生告诉他们姐弟俩，要好好休息，千万不要想激动的事，尽量少说话。就这样，他们遵照医生的嘱咐平静地躺着，躺着。地球在他们的意念中仿佛也停止了转动。

傍晚，老民办心里很烦，摸了摸衣兜，烟叶没有了，此时，他的烟瘾上来了，他打了个呵欠。

在一旁编小篮的雪妮看见老民办如此，心疼地说："爹，没烟叶了也好，趁此戒了吧，抽烟是折磨自己！"

老民办说："大人有大人的事。咱还有多少钱？"

雪妮干脆利索地说："咱还有 80 多块钱。"

老民办忧郁着脸说："我想去看看咏老师。"

雪妮悲伤地说："那你把这 80 块钱都拿去吧，我在家里好说。不过，这个时候赶到县城，恐怕车站没有去那里的车了，不如明天一大早去。"

老民办没有回答女儿的话，默坐在椅子上静了一会儿，他起身走到院子里来到枣树底下，拾了一把枣树叶，放到手里揉搓着。搓好后，拿起卷烟纸，放上一撮，快速地卷了几下，没等卷得很周正，就急忙燃着吸了两口，这特殊的味道使他咳嗽了好大一会儿。

雪妮走进里屋，心情非常难过。他从里屋的炕席底下拿出咏松当兵时穿绿军装照的一张照片，眼泪汪汪地打量着。

正在这时，赵奶奶来了，她挎着一个篮子，篮子里有一些鸡蛋。赵奶奶环视了一下屋子，说："这半扇门怎么还没钉上？"

老民办像是安慰着赵奶奶，说："这就钉。"赵奶奶心疼地看着老民办告诉他这些鸡蛋是自己的鸡下的，有营养，好好补补身子。老民办说自己明天一早就去医院看咏梅姐弟俩。赵奶奶说自己身上还带着200块钱，给人家说媒赏给的还没放下，叫老民办拿去急用。老民办不好意思地接过了钱。因为老民办不知道咏梅是否急着用钱，就没有拒绝赵奶奶这份好意。

赵奶奶在老民办家吃过晚饭后，雪妮搀扶着赵奶奶回家。两人在村胡同里走着，不时传来几声狗叫，天空中星辰点点，月牙儿像秋收时的镰刀被勤劳的人磨得又白又亮。

赵奶奶看了看天空，好奇地问雪妮："都说天上的星星是石头做的，书上是这么说的吗？怎么石头还会发光呢？"

雪妮说："有的星星会发光，发热，那样的星叫恒星。有的星星只会反射别的星球的光，自己本身不发光，那叫行星。"

赵奶奶又问："你说那月亮上，真有玉兔、嫦娥、桂花树吗？"

雪妮说："嫦娥奔月，吴刚伐树，都是些美丽的传说。月亮上没有活东西存在。"

赵奶奶说："唉，没活物还那么美呢！有活物那得多么美啊！"就这样她们俩像小孩似的议论着美丽的天空，不知不觉就到了赵奶奶家。

赵奶奶和雪妮盍坐在土炕上，雪妮静静地编着小篮，不过这小篮是用彩条编的。赵奶奶仔细地缝补着衣衫。不时，她们又论起咏梅和咏松，赵奶奶像艺术家突然来了灵感一样，眼里闪着光芒说："今晚你不要编小篮了，咱们给小梅、小松缝个长命锁吧，保平安的。"

雪妮说编完了彩篮就学缝长命锁，还请赵奶奶赐教。赵奶奶很有把握地说："这个比编小篮容易，一会儿就学会。"赵奶奶下炕找了些碎布，又上炕盘腿坐下，手把手地教雪妮缝长命锁，直到唠叨得雪妮说会了为止。

赵奶奶故意建议一人缝一个，她给咏梅缝，叫雪妮给咏松缝。缝好后，雪妮拿到手里打量了一会儿，深情地说还要绣上咏松的名字。赵奶奶看出了猫腻，微笑着说再编个好看的花篮。

她们缝到十一点多钟才缝好，雪妮拿着缝好的东西又急忙返回家，见老民办还坐在那个椅子上，不禁心疼起来。雪妮把长命锁还有那个彩篮递给父亲说："到医院里想着把这两个长命锁挂到他们兄妹俩的脖子上，赵奶奶说这是保平安的。咏松的绣着名字呢。"

老民办说花篮就先不送了，等咏松回家再说。雪妮走后，老民办找出那个参加模范会时拎过的黑提包，用抹布擦了擦，然后把赵奶奶拿来的鸡蛋装进去一些，而后他又用塑料袋装了几个菜包子放进提包。他似乎觉得还少了点什么，忽然想起了向日葵籽，于是走进里屋抓了两把装进衣兜里。他看了看破烂不堪的门户，没好气地找出斧头和钉子，叮叮当当地砸起来，仿佛整个村庄都被震动起来。

老民办来到光明医院时已接近中午，一进医院大门，和狗场长撞了个正着，两个人尴尬而视，又迅速躲开了目光，互相没打招呼，进的进，出的出，各走各的。老民办几经打听，终于摸到了病房。

老民办来到床前，静静地观察着躺在床上的姐弟俩，见他们的眼睛都被蒙着，直觉告诉他，咏梅做了有关移植眼方面的手术，老民办的心里突然一酸，抽了一下鼻子，眼泪掉了下来。陪护的老师打了个招呼走了。病房里只剩下老民办、咏梅、咏松了，咏梅能感觉出老民办在伤心流泪，咏梅客气地说："项老师，又叫你受累了。"

老民办说："别这么客气，都是自己人。"

咏松说："项老师，给你添麻烦了。医生嘱咐我们不要说太多的话，请你原谅。你到我跟前来，我握握你的手，我再给你敬个礼吧，真诚地谢谢你！"

老民办走过去，理了理咏松的头发，握了握咏松的手。咏松抽出手，放在蒙着的双眼前，给老民办敬了个礼。老民办看到这一幕时，眼泪夺眶而出。接下来，三个人沉默了好大一会儿。

咏松声音微弱地说："姐姐，我当兵几年攒了点钱，本想回家修修咱家的老房，没想到这么一折腾，修不成了。"

咏梅安慰着弟弟说："咏松，你不要说太多的话。不要老惦记着钱，听说这钱被你救的那个人已经付了，现在还不知道那人是谁。"

老民办说："赵奶奶托我给你捎来200块钱，还有两个长命锁，这是赵奶奶和雪妮缝的。来，我给你们戴上。"说着，给他们姐弟俩戴在了脖子上。

咏梅压抑着激动说："锁，留下，钱就不必了，赵奶奶这么大年纪了还惦记着我们，真让我们晚辈不好意思。"

这时，护士拿着一张报纸走进来，冲着老民办摆了一下手。老民办走出了病房。

护士提醒着说："千万别说让病人激动的话，那样对眼睛的恢复不利。"说着递给了老民办一张报纸，并微笑着小声说，"他们的事迹上了报纸，你看看吧。"

老民办从报纸上得知咏松是复员回家的时候，在车上遇到了持刀抢劫的歹徒，为了保护人民的利益与安全，他与歹徒搏斗时被歹徒刺坏了双眼。老民办看完新闻后，又感动得掉下了眼泪，他一边折叠着报纸，一边背倚着病房外的墙蹲下来。他掏出衣兜里的烟叶，正确地说是枣树叶，努力地搜集了一点，卷了一袋吸起来。直到看见三三两两的打饭的人回来，他才知道到饭点了，然后站起身走进病房。

咏梅凭直觉知道老民办进了屋，她告诉老民办："项老师，钱在咏松背包的侧兜里，拿着买饭去吧。"

老民办说："我带着钱呢，你俩喜欢吃什么，我去买。"

咏梅说："随便。"

老民办说："我拿来一些生鸡蛋，咱怎么煮熟呢？"

咏梅说："咱没带锅灶，没法煮，还是到外面买点饭吧。"

老民办来到医院外面的小吃摊上买了饭，等姐弟俩吃完了，老民办拿起剩余的一点鸡汤和自己带来的包子走出病房，蹲在墙根下，大口大口地吃了起来。老民办刚吃完饭，院长就带来了一群陌生人走进了病房。经院长介绍，他才知道是电视台的记者前来采访的，还有本县宣传部的领导陪同。

记者们几乎一窝蜂地问起来："咏松同志，当你挺身而出的时候，你首先想到了什么？"

咏松说："没想什么，我只知道当人民需要我的时候，作为一名军人就该无条件地挺身而出。虽然我复员了，但军人的职责永远不会消失。"

记者又问咏梅："是什么力量让你毫不犹豫地把眼角膜移植给弟弟？"

咏梅简捷地说："光明的力量。"

记者们揣着这足以让他们写上几个晚上的两句话离开了这里。

这一群人刚走，老校长又带领一群人进来，有教育局局长以及县领导。县领导掏出红包交给咏松说："好好养身体，祝你们早日康复！你们为我县带来了荣誉，你们是我县的骄傲，我代表全县人民向你们表示深深的敬意。"

教育局局长和老校长每人掏出一个红包递给咏梅说："咏梅，我代表咱县的教育系统向你表示敬意，你虽为一名民办教师，但你的事迹让所有老师动容，祝你早日康复。"

咏梅笑着说："这些都是与你们正确领导分不开的。"

一行人走后，咏梅也要老民办回去休息，说："你今年教初三，课很紧，雪妮自己在家也不方便，你回去吧，我们在这边有人照顾，放心吧，你替我给其他老师们报平安，这里一切很好，不必挂念。"并嘱咐道，"你走的时候拎些营养品，太多了我们姐弟俩也吃不了。"

老民办看了看咏梅的头发嘱咐道："头发有些乱，叫陪护梳一下，录像好上镜。"老民办若有所失地摸了摸衣兜，发现带来的向日葵籽还没拿出来，他一边向外掏一边对咏梅说，"我还带来两把瓜子，你们烦了就嗑嗑。"

老民办刚走出病房门，迎面又碰上一些人，有的抱着花，有的拎着营养品，显然他们是慕英雄的大名而来。

日子过得真快，一晃半个月过去了，咏梅、咏松也平安出院了。

明媚的阳光照耀着姐弟俩，在咏梅一只明亮的眼睛里这个世界依旧很美！对于咏松来说，一个美丽的世界又复活了！医院全体医护人员为他们开了欢送会，各级领导与他们亲切地握手，一一道别。美若天仙的护士怀抱着鲜花相送，电视台记者争相录像。

姐弟俩没有回家，被安排到县宾馆里住，因为明天他们要为全县人民做先进事迹报告。

第二天一大早，县政府派来一辆小轿车，直接把他们接到了报告会现场。现场里人山人海，按照咏梅、咏松的请求，县政府也把赵奶奶、雪妮、老民办都请到了现场，并且把他们安排到了前排。

报告会开始，咏松发言：

亲爱的乡亲们、尊敬的领导们，我虽然得到了属于英雄的鲜花，但我不是英雄。

虽然我得到了党和人民给予我的厚爱，但是我心里感到非常的不安。我只不过是做了一个军人应该做的一点事情而已。遇见劫匪抢劫，挺身而出是我作为一名军人的义务，这是我应该做的。

我没读过多少书，也悟不出人生多少大道理。在这里，我想说些心里话，希望自己能为人民多做些力所能及的事。

说起生命，人们都会百倍的呵护与善待，可是当自己的利益与为人民的利益相冲突的时候，作为一名军人首先忘记的是自己的生命。有句话说，生命诚可贵，爱情价更高。我却说，生命诚可贵，责任价更高，对党与人们的责任时时萦绕在我的心。

我的双眼出事后，赵奶奶和雪妮她们一老一少给我们姐弟俩缝了两把长命锁，这使我深深地感觉到善待生命的另一种意义，我想，善待生命除了具有延长生命的意义外，更重要的是把有限的生命投入无限的有意义的事情上去。

我们是生命的使者，也是生命的过客，生命属于我们每个人，但却只有一次。在生命的长河中，我们应该怎样去度过这仅有的一次宝贵的生命呢？这是我们每个人都在不断思考的一个话题。我们伴随着父母的血液从另一个世界走来，承传着祖辈的期待，亲人的渴望。我想，生命的意义就是实现前辈们的心愿。

我的姐姐咏梅知道我需要眼角膜的那一刻，她毫不犹豫地把一只眼角膜移植给了我，是她让我又见光明，我衷心地谢谢我姐！人间真情扶我上路，今后我要让我的生命放出更大的正能量。

咏松说到这里，台下响起了雷鸣般的响声。

几个青年热泪盈眶地抱着鲜花送上去。咏松站起来接过鲜花，走到赵奶奶和雪妮跟前，对大家说："这是我的亲人，把鲜花献给她们吧。"然后又走到咏梅跟前，对台下的观众说，"这是我的姐姐，给我光明的姐姐，她的名字叫咏梅。"说完，记者们争相拍照。台下又是一片掌声。掌声之后，咏梅开始讲话。

咏梅很有礼貌地对大家说：

为了节省大家的时间，我把心里的千言万语汇成几句简短的话，与大家共勉吧：

亘古至今有谁拒绝光明

为寻一道阳光

刀山火海不喊痛

凄迷苍茫多少路

丹心总是向阳红

光明不会因一只眼减少亮度

反而一只眼的背后更加光明。

咏梅读到这里看了看老民办，老民办早已噙满了泪水。台下的人有的捂手帕，有的擦眼泪……

咏梅回到家，不由自主地拿起镜子，打量起自己的容貌，尤其是那只摘掉眼角膜的眼睛，没有了视力，看起来不一样，她看了一遍又一遍，她又看了看在一边整理东西的弟弟，弟弟看上去一点儿消沉的情绪也没有，反而还哼着歌曲《为了谁》。

咏梅没有忘记给弟弟织好的那件毛衣，她从衣橱里拿出来，让弟弟试穿。咏梅看着穿在弟弟身上的毛衣很合适，笑着对咏松说："嗨，小伙子，姐姐的想象能力不错吧，不用量尺寸，织出来正合适。'

咏松说："姐姐有神力，不愧是园丁。"

咏梅说："当了几年兵学会赞美人了。"

咏松笑着说："实事求是。"

咏梅看了看咏松，再也没说什么，她拿出几袋营养品对咏松说："在医院的时候，我们收到一些好心人送给我们的一些营养品，我想分别送给项老师与赵奶奶几袋。"

咏松说："应该送，应该感谢他们，他们这段时间替我们跑前跑后的。'

咏梅说："那么你拎两袋营养品先去看看赵奶奶去，我去看看项老师，然后再去看看赵奶奶！"

咏梅拎着东西进了老民办的家，老民办正坐在冲门的方桌旁吸烟。老民办见咏梅拎着东西进来，慌忙站起来，话不知从哪里说起，一种从没有过的尴尬和拘束使他不好意思起来，他像窥视别人的隐私似的偷看了一下咏梅的眼睛，随后又快速地躲闪着咏梅的目光，崇敬地说："咏老师来了。"

说着向前迎接了两步，一下子抓住了咏梅的拐杖，这使咏梅感觉到老民办的动作很突然，可一想，她也明白，应该是老民办认为自己一只眼看东西不太明朗，总担心碰着或者摔着，才下意识扶自己的。

咏梅笑着说："怕我看不清路？你看，我不是还有一只眼吗？失去了那只眼，这只眼就更明亮了，明亮得几乎变成了火眼金睛，它让我大老远就能看出你最近身体不太好，这不，我给你带了点补品来，让你好好补补身体。"说完哈哈大笑起来。

老民办听了咏梅的笑声，绷紧的神经放松了许多，苦笑了一下说："我没事，你还是多照顾照顾自己吧！"

咏梅笑着说："别挂着我，我跟从前一样，一只眼看东西还是那么大，黑白还是那么分明。"

老民办从咏梅的言谈举止中，深深地领略到了咏梅的豁达，刚才看见咏梅时的那丝怜悯，也就烟消云散了。

在一旁的雪妮自打咏梅进门那一时刻起，就不敢直面地看咏梅的眼睛，只是在咏梅不经意时迅速地像偷东西似的扫视一下咏梅的眼睛。等她听到咏梅的这些轻松的言语后，她的心一下子放松了许多，于是小声细语地问咏梅："咏梅姐，咏松哥在家吗？"

咏梅说："我让他去看赵奶奶，不知道这会儿去了没有。"

雪妮悄悄地走进里屋，拿出那个早已用花柳条编好的小花篮，偷偷地躲闪着老民办的目光溜了出去。

雪妮提着小花篮来到咏梅家，轻手轻脚地来到屋门外，羞怯怯地问："咏松哥在家吗？"

刚准备出门的咏松笑嘻嘻地出门迎接："哪位贵客临门了，噢，是雪妮来了。"

雪妮迅速地看了一眼咏松的眼睛，有点心酸地说："我给你送花篮来了，喜欢吗？"

咏松客气地说："喜欢，谢谢你，花篮里为什么不装鲜花啊！"

雪妮不假思索地说："快到冬天了，没有鲜花了！来年春暖花就开了。"

咏松指了指身边的鲜花说："这些鲜花正好缺少花篮装，你往小篮里插这些花吧。"雪妮被鲜花诱惑了，她贪婪地向花篮里插着各种颜色的花。插完后，他们的目光不期而遇。咏松拉起雪妮的手认真地说："雪妮，我知道你心里有我，你仔细看看我这样儿，我一没有财富，二没有地位，你图什么啊？"

雪妮压低了声音说："你走后，我每天都在看你参军时送给我的照片，我早已下了决心，不管你怎么样，长大了我一定要嫁给你。"说着雪妮情不自禁地投到了咏松的怀抱里，他们紧紧地拥抱起来。

咏松突然想起一个事儿，说："姐姐还要我去看看赵奶奶呢。"

雪妮说："我也去好吗？"

咏松爽快地说："好，一块去吧。"

22. 好事成双

咏松和雪妮刚来到赵奶奶家，老民办和咏梅就到了。赵奶奶看见他们的脸都喜气洋洋的，心里也就舒服了许多。而他们不经意的眼神频频相遇，使赵奶奶突然有了新的想法。

赵奶奶把咏梅叫到了里屋，小声说了几句，咏梅说："赵奶奶你看我这种情况，我还求什么呢？咏松和雪妮只要没意见，我就没意见。"

赵奶奶又把老民办叫到里屋说："你看雪妮和咏松两情相悦，也很般配，你不反对吧？"

老民办此时开朗地说："只要孩子满意就行。"

赵奶奶说："要是咏梅愿意嫁给你呢？"

老民办吃惊地说："你可别开玩笑，人家可是黄花大闺女，我又老又穷，哪敢攀高枝呢？再说，我们这不是差了辈分了吗！"

赵奶奶说："净说傻话，这段时间，你们彼此照应，心里都有对方，你就别顾忌那么多了，好好过日子才是真，准备准备吧！"

老民办举着个大红脸走了出去，此时，他像喝了二两白酒，浑身热乎乎的。

咏松和雪妮相视一笑。

23. 一起进城

经过一段时间的休息，咏梅重返三尺讲台，老师们见到咏梅都不好意思正面看她，有的趁咏梅不在意时，迅速地扫视一下她的假眼，总害怕被咏梅的目光逮住。总之，老师们的目光在咏梅的身上、脸上都躲躲闪闪着，不过态度却变得比以往客气多了，总是问寒问暖。咏梅却极力正视着老师们的目光并谈笑风生，久而久之，大家也就习惯了。

天空飘起了小雪，咏梅主动邀老民办一起去县城，他俩踏着小雪逛了好几家服装店。咏梅让老民办试穿了好几身西服，老民办都感觉不习惯，最后还是勉强买了一身蓝西服，裤子上还配一条蓝色腰带。

而后他们来到一家美容美发形象设计店。咏梅停下来问老民办：“咱进去问问脱发的事。”

他们走进去问服务员怎么治脱发，服务员回答最快的办法是植发，又问多大面积，咏梅直接把老民办的帽子摘下来让服务员看。服务员看了看回答：“这么大面积至少也要 6000 元人民币。”

老民办没等服务员把“人民币”这几个字说出来，就跑出门外，咏梅一听 6000 元人民币，心情也着实被振动了一下，但她没像老民办那么迅速地反映在行动上，她慢腾腾地走出了门，离开了那家店。出来后，他们相视一笑，然后悠闲地在大街上走着，也没有什么明确的目的，也不知道要去何处。

走着走着，咏梅突然说道：“咱到饭店吃顿饭去吧。”

老民办说：“在饭店里吃饭太贵，还是不花那冤枉钱了吧，先饿一会儿，回家吃吧！”

咏梅看了一眼老民办，说：“回家吃咸菜去呀？”

老民办傻笑了一下说：“吃惯了也不觉得难吃。”

咏梅听见“惯了”两字，觉得老民办很可怜，她审视着老民办满脸穷酸的样子，久积在心中的激情顿时燃烧了起来，她像演说家那样声情并茂地说：“今天这样活着是因为昨天这样活着，是吗？昨天这样活着是因为前天这样活着，是吗？你总认为生活就是这样循环往复，如星辰向西、水流向东那样，是吗？我说项老师啊，有时候人生需要我们用激情去撞击，人生的乐章才会释放出最响亮的声音；用激情去搏击大海，才会惊涛拍岸；用激情去遨游太空，才会飞跃心灵的天堂。激情告诉我们现在是谁不重要，重要的是将来是谁；激情告诉我们，从哪里来并不重要，重要的是向哪里去，来点激情吧，项老师，一辈子不长。"

老民办被数落得连声说："是，是，是。"

雪继续下着，他们来到了"乐园大饭店"，咏梅要了一个带暖气的单间。

服务员很客气地拿来菜谱，让他们点菜。咏梅把菜谱看了一眼，随手递给老民办，老民办像备课看每一个章节似的，审视着菜谱上的每一道菜的价格，并且大声地读着，他见最便宜的凉拌菜还5块钱，怎么也下不了决心去点10块、20块钱的菜。站在一旁的服务员看到老民办的窘态，不自觉地笑了一下。咏梅从老民办手中拿过菜谱毫不犹豫地点了4个最昂贵的菜，还要了一瓶酒。菜上齐了后，服务员很熟练地把酒瓶打开，给他们倒满。咏梅端起酒杯畅快地说："来，为我们同是天涯沦落人干杯。"

老民办顺着话茬说："相逢何必曾相识，喝！"

两人相视一笑。随后老民办深沉下来，他从咏梅的目光里明白了一切。此时此刻老民办不知道怎样表达自己的心情，他拉过咏梅的手声泪俱下地说："这一天，以前都是在梦里想，现在终于成真了，咏梅，我对天发誓，今后我要好好地疼你。"

咏梅被他这突如其来的动作吓了一跳，而后很理智而又风趣地说："怎么啦，一惊一乍的，叫茶水烫着了！什么爱啊疼啊的，好好过日子就是了。"

咏梅看了看窗外的雪花说："趁此谈谈诗吧，也好有酒兴，你不是喜欢梅雪诗吗？"

一说诗老民办精神头来了，炯炯有神地说："你还别说，我真特别喜欢梅雪诗。以"梅妻鹤子"留名千古的林逋的《田园小梅》我感觉不错，我背给你听听：

　　　　众芳摇落独暄妍，占尽风情向小园。
　　　　疏影横斜水清浅，暗香浮动月黄昏。
　　　　霜禽欲下先偷眼，粉蝶如知合断魂。
　　　　幸有微吟可相狎，不须檀板共金樽。

咏梅说："果然不错，你再给我背一首林逋的诗好吗？

老民办稍加思索了一会儿，一首《梅花》像小河流水一样汩汩而出：

　　　　吟怀长恨负芳时，为见梅花辄入诗。
　　　　雪后园林才半树，水边篱落忽横枝。
　　　　人怜红艳多应俗，天与清香似有私。
　　　　堪笑胡雏亦风味，解将声调角中吹。

咏梅听完这首诗后，好像找到了灵感，不由得又想起了一首梅花诗，没等说点什么，张口就背了出来：

梅雪争春未肯降，骚人搁笔费评章。

梅须逊雪三分白，雪却输梅一段香。

老民办听完没有去做评论，大概他忙于去思考另一首梅花诗。他向窗外看了看。这时雪下得更大了，纷纷扬扬的，老民办看着漫天的雪花脱口而出：

冰雪林中著此身，不同桃李混芳尘。

忽然一夜清香发，散作乾坤万里春。

咏梅用崇拜的目光看了看老民办，并赞叹地说："真没想到你能背出这么好的诗，这首诗是谁写的？"

老民办有点得意地说："这是元代王冕的《白梅》诗。"

咏梅冲着老民办豪爽地说："就凭你能背这些诗我也嫁给你了，来，我再敬你一杯。"

老民办被说得不好意思了，他端起酒杯说："喝多了可不能驮你了，你看这雪越下越大，咱们吃完饭早点回去吧。"

咏梅说："你再给我背一首梅雪诗，咱就回去。"

老民办想了一会儿后，脱口而出：

有梅无雪不精神，有雪无诗俗了人。

日暮诗成天又雪，与梅并作十分春。

咏梅听完这首诗，连声说："好好好。咱们再吃点什么？"

老民办干脆利索地说："一人一碗面条。"一会儿，服务员端来两碗面条，老民办把盘子里剩的菜汤倒在碗里喝起来，酒足饭饱后，他们来到柜台上结账——128元。

老民办心疼地说了一句："几乎一个月的工资钱。"

咏梅看了看老民办，笑着接着话茬说："两袋面粉钱，128袋盐钱……"

24. 老民办又要结婚

中午的时候，赵奶奶穿着笨重的大襟黑棉袄来到咏梅家，来催咏梅和老民办的婚事，咏梅乐呵呵地说："这事容易，从我家走到他家不就进门了吗？"

赵奶奶说："傻闺女，竟要贫嘴，合着这是串门啊，咱这事就订在大年二十七，你看行吗？这个日子我可给小国说准了。"

咏梅装作幽默地说："赵奶奶，你也会先斩后奏啊。"

腊月二十三这天，老民办叫了两个专门扎屋顶的小工来家扎屋顶。两个小工走进家院，很敏感地打量着老民办的这座土坯房子，房顶上枯萎的杂草东歪西倒着。

一个小工走进屋，抬头看了看屋顶的檩梁，很担心地提醒着老民办说："这根大梁虫蛀得太厉害了，我看不要把它扎到里面，以备你们能及时发现危险。"

老民办心不在焉地"嗯"了一声。

赵奶奶这几天忙前忙后地奔走个不停，但她心里快乐着，这不，一大早又来到老民办家，一进门就笑嘻嘻地说："小国啊，我和咏梅说好了，就订在腊月二十七。咏梅的意思是不想太麻烦，打扫打扫房子就行，她只提了一个要求，就是把土炕拆了放上床，她觉得那个土炕睡过两个女人了，有些不自在。"

老民办听了赵奶奶的话好大一会儿没有回答，他走出屋来到厨房，果然发现还有一些破木头。赵奶奶也跟了出来，她知道老民办去厨房是看看有没有木头可以打床。赵奶奶说把她家的几块木头也拉过来用上。老民办也真的不客气地把赵奶奶家的木头拉过来了。他没有请别人来帮忙，独自和雪妮锯起木头来……老民办把床做到一半的时候，发现木头还不够用，就在院子里一圈圈地转悠着搜寻可以做床的东西。他看了看枣树，又看了看石榴树，摇了摇头，突然眼睛一亮——发现了那辆拉过二寡妇的破拉车，老民办二话没说，抢起斧头，把拉车连砍带砸地解开了。

做好了床，他仔细地打量了一番，不过，他总感觉整个床像个大板凳子似的，虽然天然的木色使他感到非常亲切，但又觉得没有喜庆的气氛。他干脆到小卖部买了桶红油漆上了颜色，上完漆后，他又打量了一番，没承想，他心里反而感觉更不舒服，这耀眼的红色好像一团烈火，又好像一枚一触即发的炸弹，总之这张红床放在屋里使他感觉到很不安。

大年二十七这天终于到了。天气阴云密布起来，很冷，又刮着西北风，好像老天爷要考验老民办这场婚姻似的。

因为咏梅是大姑娘，所以没有像民办妻那样在夜间被领到老民办家。今天她和老民办一人戴一朵大红花，由老民办领着，热热闹闹地向老民办家走去。咏梅穿一件红花缎面棉袄，下身穿一条黑色的裤子，头发盘得很美，是标准的新娘头。而老民办穿着一身崭新的蓝西服，戴上一顶帽子，脖子里系一条红领带。严寒的天气使老民办的西服里又多穿了一件厚厚的棉坎肩。坎肩的边沿从西服的领子里清晰可见，这洋为中用的东西如果搭配不和谐反而有点滑稽。老民办是不知道这些的，他认为这样一打扮会好看些的。

老民办扶着咏梅走得很慢很慢，像在慢慢地品尝幸福的滋味。看热闹的人们指着老民办身上的西服说三道四，村里的人们最爱看热闹，有点风吹草动，总是成群结队地观望，尽管天气冻得人们缩着脖子跺着脚，但也冰封不住他们好奇的心。

25. 转正的名额下来了

天空还在飘着小雪。放眼望去，整个旷野成了一片白皑皑的世界。小路上，走着老民办和咏梅。老民办走在咏梅的前面，一手拎着瓜子和块糖，一手拿着布兜子，想着先和咏梅去学校一趟然后再去赶年集。咏梅什么也没拿着，她只是默默地跟在老民办的后面走着，雪花伴着冷风飞舞，打在他们的脸上，凉凉的，直透心肺。老民办还是戴着那顶蓝帽子，他脖子里系着一条旧灰色的围巾。尽管天气冷，但他也没把围巾围在头上，大概他习惯这样缩着脖子。

咏梅穿一件红梅朵朵的面包服，面包服上有一个帽子，帽子边上有一圈白白的绒毛。她把帽子戴在头上，看上去像个可爱的洋娃娃。他们俩冒着风雪又走在了这条曾经走过无数春秋的小路上，蜿蜒起伏的小路被厚厚的积雪覆盖着，方向已无法辨认，但他们俩凭着感觉记忆，凭着田野和小路的高低起伏，还是正确无误地走在小路上，因为他们用心丈量着路。老民办依然记得哪一片是他的棉田地，咏梅望着这一片洁净的、没有尘埃的世界，温柔地告诉老民办她曾经写过一首关于雪的诗。还没等老民办说喜欢不喜欢听，咏梅就背了起来：

没有雷鸣

不亮闪电

无声无息地轻轻走来

在这个喧嚣的世界里

漂落成风景

把浪漫舞成一片洁白

孤独地抱着寒冬

向苍天表白该有的忠诚

老民办虽然没答应让咏梅背，但他还是把咏梅背的每一句话都记在了心上，听完后他的眼睛有点湿润，像是被咏梅的诗所感动，他看了咏梅一眼，想说什么没有说出来，一阵剧烈的咳嗽憋得他喘不过气来。咏梅忙给他捶背，他们蹲下来停了一会儿，咏梅从衣兜里掏出止咳药说："就剩下两片了，我知道你的老毛病常犯，我替你带着呢！"

老民办说："用什么送下去？"

咏梅说："给你攥个雪蛋好吧。"

老民办接过雪蛋咬了一口，含在嘴里温暖着。一会儿，把药捂在嘴里用雪水送了下去，他伸了伸脖子，噎得他又咳嗽了两下。

今天的天气虽然有些昏暗，但赶集的人们三三两两地走在这条小路上，人们说说笑笑打破了雪地的宁静，说笑声缭绕在旷野里像开花的春天。每年一过了腊月二十三，赶年集的人们就络绎不绝。有雪的年，人们感觉更具味道，因为"瑞雪兆丰年"。

人们搓着手，捂着脸，跺着脚，对抗着严冬。冷，并快乐着。人们无论穷富，赶年集的时候，都拎包提篮，成群结队地涌到集上。有的不买也不卖，就是喜欢到人堆里挤一挤，到货摊上看一看，感受年的快乐。熬了一年又一年的庄稼人，他们常常掉进一些小事里，常常为几棵禾苗、几头牲畜耗尽一辈子，并为一些小事越走越远，但他们也很容易满足，他们把平时省吃俭用省下的几张票子积攒下来，以便过年的时候毫不犹豫地去消费：买几床花单子，添几个新碗盆，最后也忘不了买几幅年画，

就是日子再紧，宁愿少吃几斤肉，也要买几件新衣服给大人、孩子穿；年纪大一点的老人总忘不了买几株香火，在新年之际叩天拜地以祈求来年的风调雨顺。

老民办和咏梅精神焕发地来到学校。一进学校大门，老民办就把手里拎着的东西塞给咏梅，他们一前一后地走进会议室。咏梅笑呵呵地把糖和瓜子放到会议室的桌上，老师们立刻疯抢一空，一边说一边闹一边吃糖。闹了一会儿后，老校长说："老师们都坐到座位上静一下吧。大年二十八把老师们折腾来，咱开个短会，长话短说。"

老师们大概也是为了能够早些回家，便安静地等老校长讲话。

"又一个新年来临了，有几个好事也来临了！第一件好事，我们学校给老师们发点节日礼品，不过礼品并不丰厚，请老师们谅解——每个老师发三斤猪肉。不过，乡政府也给我们送来了温暖，给每个老师发一件羽绒服，今年冬天特别冷，我们要衷心地感谢乡政府。"老师们刚想激动地鼓掌，老校长摆了摆手接着说，"第二件好事是柳飘飘以县拔尖人才的名额转成了一名正式的人民教师。我们为她鼓掌。"老师们一边为她鼓掌，一边寻找着她。发现柳飘飘老师没来。老校长继续说道，"第三件好事是咏梅老师的一首诗获得了省一等奖。"

听到这里，有几个老师要求咏梅老师给老师们读读。咏梅说大年之际，老师们都很忙，今天又是年集，改日开联欢会的时候，一定满足老师们。

最后老校长大幅度地挥着手说："好，好。最后一件大好事，我不用说老师们也都能猜出来。"

话音刚落，老师们的目光都齐刷刷地看起了老民办。咏梅坐在老民办的对面，她冲着老民办微笑了一下。老校长说："老师们看对了，这件大好事是项老师等了一辈子转正的事，今天终于落实了。咏梅获奖了，老项转正了，他俩又结婚了，一年三喜临门。中午你们俩在家好好地准备酒席，我带领老师们去祝贺。"老校长满脸堆笑着把表格递给老民办。

老民办接过表格，看了一眼，顿时觉得天旋地转，头脑发胀，总觉得像接过一本别人沾完了便宜后又推给他的糊涂账，眼前不由得闪现出狗场长和二寡妇慌乱地穿衣服……想到这里他的心堵得难受，拿着表格的手不停地颤抖着。

正在这时，赵奶奶撕心裂肺地叫喊着冲进了会议室："小国——，小国，二寡妇昨晚跳了运河大桥——走啦。"

老民办打了一个冷战，身体晃动了几下，眼前一阵发黑，张了张嘴，伸了伸脖子，不知老民办是想咳嗽还是想说话。咏梅看到这一切感觉不对，她大声地喊："老项，你醒醒。"

大学的最后一个春天

1

　　刚过了春节，梦诗就不愿待在家了，她一边化妆一边给好朋友兼室友美智打电话，商量一下提前返校的事。梦诗说自己在家太无聊了，而且毕业论文也还没写好，想回学校写。美智漫不经心地回着话，感慨毕业前这半年是最关键的时间，并提醒梦诗，眼看要踏入社会，要好好考虑考虑自己的前途问题。最后美智像一个智者般，掷地有声地给出了梦诗一句人生秘籍——用好关系是人生最好的捷径。

梦诗笑称自己没有社会关系，犹如荷花中通外直，不枝不蔓。美智听了这话回道："你就打算面对你那个远嫁国外的妈来个迎风不折吗？这么好的海外关系，你可要抓紧，好好想想，别糊涂了！"

梦诗说自从爸妈一别两宽、各生欢喜后，自己就成了天地独行侠，不但没有和远嫁国外的妈妈联系过，而且和在文化馆工作的爸爸也很少联系，他整天诗啊远方的，心思根本就不在自己身上！

美智确信了梦诗和自己一样，都是"路漫漫其修远兮，吾将上下而求索"的主儿，想到这里，她安慰起梦诗，说她们惺惺相惜，都是要靠自己奋斗的女孩子，既然家里帮不上忙，那就拿出自己的十八般武艺，凭自己的本事去闯荡。梦诗应和着说已做好一切准备。就这样，两人决定明天就返程。

其实梦诗着急回学校的主要原因并不是准备毕业论文，而是想多陪陪自己的男朋友蓝天，蓝天不久后就要出国，她希望在此之前两人能尽可能地多在一起。

由于两人放假之前没有申请提前返校，所以她们不能回学校住，只能自费住宾馆。由于美智的家庭不太富裕，爸爸常年有病，不能干重活，她还有个聋哑哥哥，都老大不小了还没娶媳妇，一家四口光靠妈妈打火烧挣钱，但收入甚微，所以梦诗就主动提出自己承担房费的建议。美智也没客气，说就让蓝天买单，毕竟他爸是大公司的董事长，不差钱，她还要求让蓝天请自己吃大餐……梦诗笑着答应美智提的所有要求。

梦诗放下美智的电话，就迫不及待地给蓝天打过去。蓝天得知她们的计划很是开心，并告诉她让她们明天直接去春光旅馆即可，离学校和自己家都很近，而自己在前台等着她们。

梦诗心满意足地挂断了电话后，便开始收拾起行李。

2

梦诗、美智一前一后走进旅馆大厅，只见蓝天正在前台的沙发上坐着低头玩手机，梦诗一看见蓝天便大声地喊出了他的名字，由于长时间没见，两人的思念程度可想而知，所以也就不管不顾地拥抱了起来！美智调侃道："你俩差不多得了啊，我还在呢，这么无视我不太好吧！"

梦诗听后，不好意思地推开了蓝天，顺势理了理头发。蓝天倒是没有任何不好意思，但见梦诗的害羞样，也就没再难为她，而是潇洒地拿出两张门卡，递给美智一张，并说了句"201"，美智接过后做了个鬼脸说了声"谢谢"，然后蓝天拿着另一张卡，牵着梦诗走进了另一个房间。进房间后，两人再次抱了起来，似乎只有这样他们才能真实地感受到彼此的存在。待两人心情略微平复后，才诉说着彼此的思念之情以及对将来的一些规划。蓝天临走前想要给梦诗留些钱，说毕业前的这半年花钱的地方比较多，不想要梦诗拮据，但梦诗坚持不要，说自己的钱够用而且自己的爸爸有时候也会给自己一点。蓝天拗不过梦诗，只能趁梦诗不注意的时候，偷偷把银行卡压在了水杯底下。

3

梦诗把蓝天送走后便来到了美智的房间，刚一坐下，梦诗便接到了蓝天的来电，美智则大声地打趣道："还有完没完呀？刚走这就又黏糊上了！"梦诗娇羞地走到一旁，不再理会美智。电话那头蓝天亲切地说道："宝贝儿，我在床头柜的水杯底下放了一张银行卡，密码是你的生日。"梦诗虽然嘴上责怪蓝天，但心里却是暖暖的。挂断电话后，梦诗便把事情和美智说了，美智听后，羡慕、嫉妒但没有恨地眼巴巴地望着梦诗，感叹道："你男朋友真贴心！"

梦诗为了不让美智继续调侃，转移话题道："走，下楼跟我去超市买包卫生巾去。"

4

接下来的几天，梦诗和美智都相互忙着自己的事情，而令梦诗没想到的是，蓝天却突然和自己断了联系，蓝天非但没有主动找她，而且手机都关机了，梦诗打了好几次电话都没有打通，这让梦诗有种不好的预感，但却因为没有其他的联系方式，又无可奈何……

梦诗虽然没和美智说些什么，但美智还是感觉到了梦诗的闷闷不乐。为了让梦诗开心一些，美智便拉着梦诗出去逛街了，她俩刚从旅馆出来，就听见一个熟悉的浑厚的声音大声喊她们的名字，俩人一回头，高亮便出现在她们视线中。美智不解地问："你怎么也在这里？"梦诗接着开玩笑地说："你不是跟踪我们来的吧！"高亮拉着行李箱紧走几步转身指着后面说："我哪有闲工夫玩跟踪，论文还没写完呢。在家太闹哄了，三姑、二姨老给我介绍对象，想静下心来学习，难啊！我这不得已就喊着绿地一起也逃出来了。"

梦诗好奇地问："绿地呢？"

高亮指着后面说："在后面磨叽呢，边走边背题呢。"

美智听了不屑地说："本姑娘在家不是因为太闹哄，是因为太寂寞了！高亮，别臭显摆了，就你，竹竿，还有人提亲？"

高亮得意地说："个子高就是优势，就我这帅哥，长得又像姚明，又是班级干部，抢手的呢……这就快毕业了，再不和我谈恋爱你别后悔啊！"

梦诗圆话道："你还不知道啊，人家美智早就名花有主了。"

美智责怪梦诗乱说话，因为美智妈妈不让美智在学校谈恋爱，所以美智只和梦诗一人说了自己谈恋爱的事情。

高亮瞪大眼睛好奇地问："谁啊？"

梦诗放慢语调回答道："我们学校附近'潮流酒吧'的老板——商民。"

高亮惊奇地说："真的吗？商民，我认识。他可是考上大学都不上的主儿，整个拜金主义，铜臭味十足。"

美智反驳道："不了解就不要随便评论别人。"

正在两人吵得不可开交之际，绿地拉一行李箱慢慢悠悠地走过来插了一嘴："人各有志嘛，各有各的理想。"美智打断绿地："那你呢？你的理想是什么？"

绿地坚定地说："我的理想是考研。"他还借用了他娘的话——穷人家的孩子要想有出息，就得多读书。

绿地这样说，几个人一点都不意外，因为他一向如此，清晰地知道自己的目标，并坚定地为之努力。

为了庆祝大家的相遇，美智提议说自己请大家吃饭，还说毕竟这是他们大学生涯的最后一个春天，难得。

梦诗不慌不忙地说："我请吧，这次咱吃西餐吧，美智，你喊着商民。"

美智问："那蓝天去吗？"

梦诗吞吞吐吐地说道："蓝天这两天准备一些出国的事情，比较忙，就不喊他了。"

美智赶紧给商民打电话，让他到潮流酒吧对面的西餐厅聚聚，还说几个同学都来了，就等他啦！

只听电话那边的商民说："好的，好的，不过，我目前在郊区老家，可能要晚点！"

为了不耽误大家吃饭，美智只好让大家边吃边等商民。

5

毕竟是很少来西餐厅，所以四人都略显拘束，菜上齐后，各自笨拙地使用着餐具。美智为了缓和气氛，开玩笑道："牛排不如商民酒吧里的排骨好吃，沙拉也不如他店的水果拼盘实惠，更别说薯条了，远远不如酸辣土豆丝好吃！"美智正说得起劲儿时，一旁的梦诗冷不防地用叉子挡住了牛排，笑着阻挡着美智，说："不好吃你还大口吃，又吃肉又撇腥。你赶紧再给商民打个电话，看看他忙完了吗？"

<h1 align="center">6</h1>

商民家，破旧的大门两边贴着白纸条，很明显，近来家中有逝去的人。正房的餐桌上坐着两个老太太一个老伯，还有一个七八岁的孩子依偎着老奶奶，商民用大托盘端着菜和米饭走过来，一边放托盘一边告诉爷爷奶奶们先吃着，自己再做个鸡蛋汤，带孩子的老奶奶感激地劝说："商民别再麻烦了，这些就足够了，你妈刚过世，我们都吃不下。"商民妈很善良，对老奶奶一家很是照顾，这些年要不是商民妈的救济，老奶奶和孩子可能就没命了。

另一个老奶奶接着伤感，说自己不知道是哪一辈子造的孽，被自己的儿子们扔在街头，多亏商民妈收留了她。

老爷爷也情不自禁地骂自己那不肖之子，年前躲账逃跑了，把他这个不能自理的孤老头子扔下不管，多亏商民妈照料了他！

商民安慰着爷爷奶奶们，说他们不用担心，他妈走的时候嘱咐过他，他会把他们照料好。

在商民看来，这个城市什么也不缺，就缺少关爱。也许还有像他们这样的老人，他今后会努力的。

7

　　几人直到吃完饭都没等到商民的出现，刚要离去，商民走了进来，嘴里不停地抱歉道："不好意思，我来晚了，请大家原谅。"高亮因和商民认识也没客气，说道："我们一会儿去唱歌，你来晚了，先罚唱两首。"

　　商民嘿嘿笑着说："一定一定。一会儿我们也别去其他地方了，就去我那，我那有个卡拉OK厅。"说罢，几人欣然前往。

　　刚到房间，美智便拿过话筒，丝毫没有让商民罚唱的意思，而是大大方方地说："我是音乐系的，我先唱，不过我唱歌是要出场费的。"

　　"美智要出场费当然是管商民要的。"高亮转而看向商民："还愣着干什么，这钱是管你要的，赶紧掏吧！"

　　商民得到提醒后看了一眼美智，开心地说："开个价！"

　　美智毫不犹豫地说："吉利数800。"

　　商民丝毫没有犹豫便给美智转了过去。

　　美智收了钱，得意地喊道："《铿锵玫瑰》走着！"

　　美智一边唱一边跳，只见耳朵上两个明晃晃的耳环闪闪发光。大家鼓掌，喝彩，气氛好不热闹！

美智唱完后提议让梦诗唱。梦诗鼓足勇气说道："虽然我不会唱歌，但今晚我要唱，一首由我爸爸作词的《爱上你》送给大家。"

梦诗唱完，高亮说以前整天听梦诗哼哼这歌，从来都听不清什么词，这次算听清了：

爱上你

就不散退

爱上你

就穷追到底

再大的风雨，也挡不住我爱的继续

这歌词经过高亮一读，大家拍手称赞，商民趁机搬出一箱啤酒，说道："难得大家高兴，来，一人一瓶！"绿地说想让他们喝，商民得先把罚唱的那两首歌唱完。商民丝毫不扭捏，拿起话筒就给大家唱起了《我和我的祖国》。唱完大家拍手鼓掌。

商民正想挑选第二首歌时，梦诗说道："唱现在正流行的那首《大学的最后一个春天》吧。"商民讨价还价说："这首歌调子高，不好唱，能不能换一首？"在大家的坚持下，商民没能逃过，款款深情地说："借《大学的最后一个春天》这首歌献给即将毕业的同学们。"

这个春天，我要远去

妈妈啊，你在哪里

我的行囊里满是你的慰藉

我定会做你的好孩子

这一生和你还有我的祖国不离不弃

放心吧妈妈

我会的

我会的

大家听完，都擦起了眼泪，梦诗被这首歌感动得又开启了几瓶酒。美智一边夺酒瓶一边劝梦诗："你有胃病，不能多喝，这一瓶我替你喝。"正值梦诗激动之际，她哪能同意，于是两人拉扯起来，最后美智大声说道："快毕业了，就让姐借此疼你一次吧。"梦诗听后也不好再执拗。

8

酒足饭饱后的几人各自回到自己的房间。

高亮的房间里亮着灯，他在写论文。

绿地的房间里亮着灯，他在学习。

梦诗的房间里亮着灯，她在给蓝天打电话，可是，一次关机，二次关机，三次关机……此时的梦诗想把手机摔掉，又想委屈地大哭一次！

美智的房间里亮着灯，她坐在床边照顾喝了酒的商民，好在商民还算清醒，只是喝了杯水便让美智去另一张床上躺下了。

丝毫没有睡意的二人躺在床上聊天。

美智问商民："为什么把《大学的最后一个春天》唱得那么感人？"

商民说："也是唱给不久前去世的妈妈！"

美智："喔，对不起，说点高兴的吧。"

商民："这半年你不打算抓紧考个艺术团之类的在编工作？"

美智："不想，人各有志，明天初八，我联系了几家开业的企业，有几场我的独唱！早点休息吧，明天还要早起！"

9

郁闷伤心的梦诗难以入睡，便出门去敲绿地和高亮的房间门。绿地开门并开玩笑地说："欢迎打扰！"梦诗强作欢颜地说："我是来督查你们学习成果的。"

奋笔疾书的高亮见来人赶紧急忙招呼，一边冲茶，一边夸家乡东北的"人参茶"美容养颜的效果极佳。

一旁的绿地也不闲着，慢慢腾腾地拿出了他从家乡带来的特产，一边递给梦诗一边说这是他妈自己晒的香蕉干，而且是用熟好了的香蕉晒的。梦诗强颜欢笑地品尝着。

高亮作为班长不忘关心一下同学论文的完成情况，问道："梦诗，你的毕业论文写了吗？"

梦诗幽怨地回答："回高亮班长，没有，心乱啊，三天都联系不上蓝天了，什么也弄不下去，开了学再说吧！"

一旁的绿地真诚地说："开了学，心里就更乱，都忙于找工作，各办各的事，没几个人能静下心来伏案弄文字了，又何况你满脑子里都是蓝天。"

高亮劝慰着说："蓝天就那么好吗？"

梦诗不耐烦地说："很多事情你们不了解。"怕话题再继续下去，梦诗又说道，"对了，明天美智有商演活动，你们去吗？"

"不去，论文还没写完呢，没时间去。"高亮坚定地说道。

绿地也附和道："对，后天就开学了，时间不多了。"

梦诗表示自己也不去，觉得商业演出没有意思，不过，自己也没有其他安排。绿地建议她写点新闻稿试试手，梦诗却以脑子乱写不出为由拒绝了。

10

　　舞台上，美智穿着轻纱边跳边唱，尽管热情高涨，但还是抵不过初春的寒风，冻得脸色发青，直打哆嗦，但幸运的是，台下的观众们很是热情，会唱的观众甚至和美智一起唱，从一阵阵掌声与欢呼声中，美智得到了些许温暖。

　　美智下台后，商家不仅给美智结了出演费，还送给了她一件貂皮大衣。对于意外的收获，美智还是很惊喜的。

11

　　一晃，开学的时间到了，几个人各自拉着行李箱向校园走去。

　　校园的生活丰富多彩，每个人都有属于自己的那片天空：高亮看见篮球场时想起了自己那些在球场上挥洒汗水，用篮球展现风采的日子；绿地看见阅览室时仿佛看见了自己扎进阅览室埋头读书的影子；美智经过练歌房时似乎听见了自己那动情的歌声；梦诗看见小湖畔的柳荫时，不禁想起和蓝天在树下一次次打闹的场景……

而他们即将要和这些曾经无比熟悉的美好风光说再见了，在大学的最后一个春天里，他们将要各忙各的事，为他们心中的诗和远方努力拼搏……

12

梦诗和美智到宿舍后发现宿舍很乱，几个床铺的被子甚至都没叠好，不禁发出了"发生了什么"的疑问，此时，舍友花枝端着洗好的衣服进来了。美智赶紧问："花枝，她们人呢，都干什么去了？""她们呀，都去学校实习了。"她们宿舍除了梦诗是新闻学专业的外，其余都是音乐学师范类专业的。

美智问："你为什么没去？"

花枝说："明天我要去航空公司应聘空姐。"

美智附和道："你这身材不当模特真可惜了。"

花枝无奈道："可是我爸妈死活不让我当，非让我选择个安稳的职业。"为了不让气氛太低沉，花枝转移话题道，"你们呢？你们将来有什么打算？"

梦诗说现在只想和蓝天联系上，其他的暂时还没有想，而美智则说要用自己所学的专业吃饭，否则就白学了。

13

上课铃响后，稀稀拉拉的学生来到教室，系主任在讲台上讲："明天大量企业来学校招聘人才，各专业的都有，招聘主管可能要问一些专业的东西，都要做好准备。有想让老师推荐单位的，私下里可找老师联系。"此时，教室里安静得很！

14

梦诗在老师的推荐下来到一家报社，可由于报社其他部门人员饱和，所以梦诗被安排在了广告部，面对广告部负责人分派的任务，梦诗感觉无能为力，再加上与自己所想象中的工作不太一致，所以最终梦诗还是选择了离开。

梦诗低着头走出报社，很彷徨，不知不觉走到了路边公园，当抬头看到满树黄绿娇嫩的柳芽时，她才真切地感知到春天已经悄悄地来了。

本没有太多的闲情逸致去欣赏早春的美景，但梦诗却看到了一幕温馨又浪漫的场景——一个老太太坐在秋千上，旁边的一个老爷子坐在马扎上，正用拐杖勾着荡来荡去的秋千，老爷子的手机里还播放着《这是最浪漫的事》……这着实让梦诗好生羡慕，她刚想用手机拍下这一幕时，来电铃声却响了，而让梦诗惊喜的是，来电人不是别人，正是让她魂牵梦绕的蓝天。接通电话后，梦诗便迫不及待地叫道："你还知道有我！"接着委屈地哭了起来，电话那头的蓝天"宝贝"长"宝贝"短地哄，待梦诗情绪稍平静后，蓝天说星期天下午去学校看她，梦诗这才破涕为笑，傻傻地把手机贴在脸上。

15

　　星期天下午，学校里驶来一辆轿车，轿车停在宿舍楼前面，蓝天下车后便大声地呼喊："梦诗。我爱你！"这声音，在整个校园里震荡，回响，宿舍里的女生们此时都打开了窗子，看到如此帅气又浪漫的男孩子，不禁羡慕起他口中的那个"梦诗"，并纷纷为其加油助威，场面好不热闹！

　　早就准备好的梦诗一听到呼喊就马不停蹄地跑到楼下。看着身穿洁白连衣裙并搭有粉红色围巾的梦诗向自己跑来，蓝天张开双臂等待着梦诗奔向自己的怀抱，当两人相拥的那一刻，又传来此起彼伏的尖叫声，但两人丝毫没有受其他人的影响，沉浸在彼此的怀抱中。良久，两人终于分开，蓝天牵着梦诗的手，向轿车走去。而梦诗再也忍不住地问道："你这几天消失的原因到底是什么？"蓝天解释说因为他妈妈发现他谈恋爱了，不满意他不和她汇报，因此两人起了些争执，以致他妈妈把他关在家里不让出去并没收了他的手机，要不是他说要绝食，他妈妈还不肯让他出来。

蓝天感知到梦诗的手有点冷，慢慢地将手捂在自己的心口上，郑重道歉："对不起。让你受委屈了。"了解到事情的原委后，梦诗也便释怀了，说道："这也不怪你，只要你没事就好了。"说完梦诗便将身子向蓝天靠了靠，两人亲吻起来。

走到车前，蓝天打开车门让梦诗上车。

梦诗问道："去哪儿？"

蓝天神秘地说："到了就知道了。"

梦诗开玩笑道："不说不上车。"

蓝天只好如实回答："好，我的宝贝，我们先去商场，然后去吃西餐，你不是最爱吃比萨、牛排吗？"

梦诗连连点头。

蓝天继续补充道："去商场先给你买点东西。因为今天是一个特别的日子！"

梦诗疑问道："你越说我越糊涂！什么特别的日子？"

蓝天神秘一笑说："你是装糊涂！"

上了车，梦诗拿出化妆盒细致补妆，补完后，梦诗挠了一下蓝天，撒娇地问："像公主吗？"

蓝天回道："像新娘。"说完亲了一下。

梦诗："我要做你一辈子的骄傲公主。"

蓝天："我还要叫你做我一辈子的太太。"

一路上，明媚的阳光照耀着他们，他们幸福地不时相望，远处的高楼大厦，在他们看来，似乎是琼楼玉宇，美丽的风景都是他们幸福的见证者！

16

来到商场，蓝天牵着梦诗的手径直奔向珠宝店，并在梦诗耳边说道："我要给我骄傲的公主买一枚镶钻戒指。"

梦诗没想到蓝天会给她买戒指，惊喜是肯定的，但当看到蓝天相中的那款价格时，她还是拒绝道："太贵重了吧？"

蓝天不以为然："哪贵呀，这是我的心意，你就收下吧。"

梦诗不好再拒绝，点头答应。

买完戒指的两人心情都不错，而后来到一家西餐厅的包间里。他们在一个靠窗的位置坐了下来，蓝天按梦诗的口味儿点完餐，故作悬疑地问道："你真的不知道今天是什么日子？"

梦诗好好想了一下，终于想起今天是他们恋爱一周年纪念日。梦诗说出来之后，蓝天深深地亲吻起梦诗，直到服务员敲门他们才分开，只见服务员拿着一束花走到蓝天面前，花条上写着五个金黄色的字——"我爱你梦诗"。蓝天接过花，单腿跪地，凝视着梦诗说："我永远爱你，等着我，宝贝，毕业回国后，我要娶你！"梦诗接过花感动地在蓝天的怀里哭了起来。蓝天轻轻地拍打着她哄着，直到梦诗情绪平复下来。

对于蓝天的承诺，梦诗感动之余保有一份冷静，问道："你和你爸妈说了吗？"

"他们现在一定不同意，不过放心吧，等我回国后，我会劝动他们的！"蓝天再次承诺道。

"好吧，不过，一会儿你陪我到附近的白云寺许个愿吧，我给自己一丝安慰。"

17

梦诗拉着蓝天一起许下生生世世永远在一起的心愿，他们之后又请了一把锁，锁在了同心链上，两个人又幸福地深深地拥抱在一起，俊男美女的组合惹得旁人好生羡慕。

就在他们准备离开之时，一抹熟悉的身影引起了梦诗的目光，梦诗定睛一看发现是美智妈妈，只见美智妈妈正在声泪俱下地许愿。

梦诗见这情况也不好意思和美智妈妈打招呼，便转身离开了。

蓝天把梦诗送回学校，离别前说道："梦诗，我明天晚上的机票，我要到异国他乡读书了，以后的日子留给我们的就是长长的思念了！"梦诗听了这些话，什么都没说，投在蓝天的怀抱里又哭个不停！

18

商业中心广场的台子上，红地毯铺了个满台，一辆轿车周围簇拥着鲜花，一位主持小姐介绍完了这款车的情况，激昂地说道："美丽的春天来了，女人的鲜花开了，姐妹们、妈妈们，今天是我们的节日！我祝福大家开心快乐、青春不老！都说世界十分美好，如果没有女人的美丽，将会失去八分的色彩，女人是春天的使者，是人间最灿然的画卷，现在我们有请大美女模特美智闪亮登场。"话音刚落，美智从车里款款闪出，惊艳四方！然后围着车，不停地摆造型……

19

车展促销会结束后，车商老板非要请美智吃饭，盛情难却，美智只好答应了。

两人来到餐厅包间后，刚点完菜一女人就冲进了包间，其二话不说朝着美智就是一巴掌，要不是车商老板拦着，估计美智还得挨几脚，还没反应过来的美智只听那女人骂道："不要脸，勾引别人的老公！"而车商老板一劲儿地说："你误会了，误会了……"美智这才明白发生了什么，义正词严地说道："破坏别人家庭这种不耻的事情我从来不做，今天我是第一次见到你老公，他只是请我吃一顿饭，别无其他，至于你信不信我不管，但你刚给我的一巴掌我不可能白挨！"说着，美智便上前打了那女人一巴掌，然后扬长而去。

20

美智离开后去了一家小饭店，然后拿镜子照了照自己的脸，只见被打的那边脸肿胀起来，可见刚刚那女人的力度。为了不让人看着太奇怪，她拿出化妆包，擦了擦，稍微修饰了一下。可美智越想越生气，自己何时受过这般羞辱与委屈？郁闷不已的她要了三瓶啤酒，等自己彻底消化完这怒气后才打电话给商民，让他来接自己。

商民见到美智时，美智已经处于醉酒状态，当看到美智肿胀的脸颊时，赶紧问道："你这脸怎么弄的？"迷迷糊糊的美智说是自己摔的，见美智的状态不太好，商民就没有再追问。

商民把美智送回宿舍，梦诗不停追问发生了什么，不知情的商民只能实话实话："我见到美智的时候她已经是这个状态，而她的脸她说是自己摔的，既然她不想说，我们就先别问了，先让她好好睡上一觉吧。"。

商民都这么说了，梦诗也只好作罢，不再追问什么。商民临走前拖梦诗好好照顾美智，自己先谢过了，梦诗翻白眼道："还用你嘱咐？谢什么谢，你以后对我们美智好点就行。"商民听后满意地离开了。

美智来来回回吐了好几次，等终于消停后，梦诗让美智喝了杯水，然后想扶美智爬上铺，可爬了几次，她都上不去，梦诗只好作罢，让美智睡自己的下铺。

21

　　躺在床上的美智不一会儿便进入了梦乡，而梦诗则爬到上铺准备休息。她也想像美智一样好好地睡一觉，可是她怎么也睡不着，满脑子都是蓝天，所以思来想去，她还是决定给蓝天打个电话，可仍然没有一丝惊喜，电话那头响起的仍是冰冷的"对不起，您拨打的电话已关机……"，她只好给蓝天微信留言：你在吗？好想你！

　　此时的梦诗牵挂备至，心灵备受煎熬，唯一安慰她的便是两人美好的过往，她开始回忆起和蓝天相处的每一幕：和蓝天一起吃饭时，他总是把她愿意吃的食物放到她的盘子里，每当她不愿意吃饭的时候，蓝天就给她买零食；不想睡觉时，蓝天还会哄她睡觉，给她讲故事；两人还多次在柳荫下亲昵……想着想着，梦诗的眼泪也止不住地掉下来。

　　早晨一醒，梦诗就忍不住问美智昨天到底发什么了什么事情，美智为了不让梦诗担心，含糊其辞地说自己是摔的，为了岔开话题，美智也故意打量起梦诗，然后缓解着气氛说："别说我，你的眼睛怎么搞的？肿得跟熊猫一样，是不是昨天晚上想蓝天想哭了？我说你就傻吧，你就天天单相思吧，我实话和你说吧，就蓝天，他的命运掌握在他爹妈手里。你说一个无法左右自己命运的人，整天想他有什么用？女人要自爱自强知道吗？"

梦诗无奈道："可是，我爱他爱得不能自拔。"

"可是爱一个人首先得好好爱自己，你说你为了蓝天连自己的生活都过不好，整天不知道自己该干什么，这正常吗？"美智苦口婆心地劝说道，"对了吗，你妈嫁的那个外国人，你知道那个外国人的情况吗？"

"大人的事我没具体问过，不过你怎么提起这个来了？"

"我听说，当年那个外国人是领着他女儿来的，当时他在一所学校做外教，那所学校就是当年你妈做保洁的那所学校，蓝天就是在那里读的高中，而且他和那个外教的女儿关系很好，蓝天去国外读书就是那个外教帮忙办的，这事你知道吗？"

梦诗听完美智的话打了一个冷战，问道："你从哪知道的这些事情？"

美智前些天出席活动，遇到了蓝天和一个外国女孩，她见两人关系不一般，颇为梦诗鸣不平，于是便查了一下，谁知道，竟然还牵扯出了梦诗妈妈。本来美智还没想到要如何和梦诗开口说，但看梦诗这个状态，也就全盘托出了。

"这个你就别管了，反正你以后多长个心眼，别整天傻了吧唧的！"美智再次嘱咐道。

此时的梦诗不是不相信美智说的，只是她不敢相信，更不敢往深处想，只好转移话题："好了，不提这些事了，我们当前最重要的事情是把毕业论文写好，晚上我们一起去图书馆学习吧！"

美智说："也好，否则毕业证都拿不到，振作精神，一起去图书馆！"

22

晚上，两人如约好的那般一同走进图书馆，梦诗想去找高亮和绿地，和他们一走学习，可美智拒绝了这个想法，她说学习不是游玩，扎堆儿没好处，最好不要互相打搅，梦诗觉得有道理，便没有坚持。

她俩在书架上各自找自己需要参考的书籍，然后奋笔疾书起来。

写着写着，梦诗的手机铃声响起，她掏出手机，拿出一看，是商民的来电，然后失望地递给美智。原来美智的手机静音，商民打半天没人接，这才打给梦诗。

美智打完后便把手机给了梦诗，梦诗拿过手机，呆呆地滑动起手机，一次又一次在微信上搜索着蓝天的消息，不觉不知又落下了泪……论文，她是又写不下去了，但她又不好打扰美智，便拿出耳机，打开蓝天在元旦联欢会上朗诵情诗《又想你了》的一段视频：

在这静静的夜里

在这涓涓流淌的相思里

在这满脑子熟悉的声音里

我轻轻地对你说，亲爱的宝贝，我想你了

你知道吗

在每个安静的夜晚，我想你的心不能安静

枕着你的名字辗转反侧

大千世界，芸芸众生

而我偏偏想你了

睁着眼，闭着眼，我的意念里全是你

挥之不去

我要飞跃千山万水

去看你

去爱你

拥你入怀感觉你的呼吸

23

回到宿舍后，准备睡觉的梦诗突发奇想要为蓝天写诗，她要把所有的思念之情写出来，把对蓝天的爱意写出来。梦诗文思泉涌，但更多的是因为她情真意切，不一会儿，便写出来了：

我不止一次地想

你是风筝我是线

当你离我飞远

就是风把你吹偏

甚至盘旋再盘旋

我想也要落在我的心田

我不止一次担心

当强烈的劲风高高地把你吹向宇宙

我害怕手中的线不能丈量彼此的距离

甚至折断

你可以任意找一个位置降落

可我呼唤你的倦容响成夏树上的知了

在你升腾的地方呼唤

千遍万遍

不

我要化作鸟

飞成云的姿态

缭绕天空

与你相拥相伴

24

时间过得很快，转眼间，美智和梦诗都顺利地毕了业，但两人没有分开，一起在外面租了房子。美智仍然三天两头地跑着活动，也时不时地为自己寻找其他机会；而梦诗依旧没有接到蓝天的任何消息，他仿佛人间蒸发了一般，梦诗的生活虽在继续，但却整天郁郁寡欢。

一天夜晚，美智醒来要去卫生间，迷迷糊糊地看见梦诗又在哭，只好劝梦诗放宽心，早点睡觉，不要总自己傻想了。

梦诗一边答应着睡觉，一边摸索着卫生巾也想去卫生间。

美智见梦诗拿卫生巾，这才想起自己大约有两个多月没来例假了，梦诗建议美智还是去医院查查比较好。

25

从医院出来的美智垂着头，丧着脸，尽管之前有预感，但当确认怀孕的那一刻她还是害怕极了，而且算算日子，这个孩子应该不是商民的，而是上次与她因跑活动被灌醉而发生关系的人的……来到院子里的柳树下，美智拿出诊断的单子再次仔细看了看，然后放进包，目视远方，沉默不语！

路过公园，美智沐浴着春天的阳光，抬头看着蓝蓝的天，突然觉得一切还是那么美好，遇到问题解决罢了，没什么坎过不去。刚想回去找商民坦白时，一阵混合的乐器声响起，接着是呐喊声和鼓掌声，美智走近一看，一个民间艺人正在演奏，只见艺人身上绑着锣、鼓、小号等，双手还拉着二胡，引得周围的观众连连叫绝。艺人一言不发，只是聚精会神地演奏着，演奏完摘下帽子转着圈让观众赏钱！

见此场景，美智猛然哭了，也许是为了不得志的艺人，也许是为了自己……

临走前，美智擦干眼泪走到艺人身前，掏出 1000 元放在艺人的帽子里，并要走了艺人的联系方式，她期待有一天能够帮助他。

26

美智来到酒吧，商民不在，伙计告诉她商老板一大早就开车回老家了。美智二话不说就给商民打电话让他在老家等自己。

接到电话的商民正在向装修工人交代一些事情——厨房地面用地板砖，各个房间用木板，坐便器旁边加上扶手，洗浴室地面用防滑砖，四周加固扶手！

美智到商民家时，商民还在马不停蹄地忙碌着，全然没有发现她的到来，她只能大声地喊了一声："商民——"

从大门旁的帐篷里走出几个老人，其中一个接着喊道："小民，有人找！"

商民这才听见并发现了美智，说道："这么快就到了，你这么急，找我有事呀？"

美智说道："有事，你弄这房子干什么？"

商民貌似开玩笑实际是试探着说："婚房啊！"

"你有病吧，谁答应和你结婚了？"

"谁和我结婚也得有房子啊。"

美智小声且低沉地说："还有心贫嘴。"然后从包里拿出诊断单，"我怀孕了，应该是我喝醉那次……"

商民没有接诊断单，镇定地说："好啊，结婚时连孩子带媳妇一起过来，买一送一啊！"

美智小声地说道："这么大的事，你还若无其事，还谈笑风生，你难道真的不介意吗？"

"我说过，上次的事情过去就过去了，我们要往前走，既然这个孩子来了，就证明他和你有缘分。"

听到商民这么说，美智不感动是假的，她坦诚道："我过来和你说这个事情主要是不想瞒着你，因为我们说好彼此要坦诚的，但我肯定是不会要这个孩子的，下个月我就要去参加《我是大明星》的海选活动了，我不想让这个孩子耽误我实现梦想。"

商民劝道："可是，这是一条生命啊！"

美智狠心道："只能怪他来的不是时候！"

27

下午三点，美智、商民、梦诗相约来到医院，办好各种手续后，美智头也不回地进了手术室，商民和梦诗在手术室门外焦急地等待着。

手术室灯灭后，护士推着美智出来了，梦诗迫不及待地问医生怎么样。医生说手术还算顺利，只不过病人需要住院观察一天，没什么问题后就可以出院了，同时交代他们不要让病人情绪波动。商民和梦诗听后连连点头。

坐在病床前的商民沉默不语，一直握着美智的手，直到梦诗让他去给美智买点吃的，商民这才离开病床前。商民刚出去一会儿，美智就说自己冷，梦诗摸了摸美智的额头发现很烫，赶紧去找医生。医生进来后检查了一番，然后采取了些措施，并向梦诗交代说最好先通知病人家属。

美智迷糊糊地给梦诗说出了母亲的电话。对美智妈妈稍微有些了解，所以梦迷诗不敢在电话里说实话，只是说美智生病了，需要她过来照顾一下。

梦诗挂断电话后，美智有气无力地嘱咐道："梦诗，你千万不要让我妈和商民碰面，商民在这里，我妈知道这事，非把他打死不可，要出人命的。"梦诗连连答应，让她不要操心了，好好休息。

商民刚进病房门，梦诗便急切地赶商民快走，并向他解释："一会儿美智妈来，美智不想让你们现在碰面，而且如果你想以后留个好印象就赶紧先离开，不要让她妈看见你，要不然美智也得跟着着急，她现在身体不好，就别让她再着急了。这里你放心，我会好好照顾美智的，你乖乖听话就行。"

得知是美智的意思，商民只好先行离开了。

梦诗站在病房外望着商民远去的背影，不知怎的，心疼起他们俩来。

三个小时后，美智的妈妈和哥哥终于赶到，美智妈一进门便扑向病床抓住美智的手担心地问："啥病这么厉害？"

美智抓住妈妈的手，没回答，泪哗哗地流下来。

梦诗见状急忙接过话茬拽开美智妈说："阿姨，来，把行囊放这里，你先坐这儿休息一下，不用担心，没事的，就一感冒。阿姨，你渴了吧，你怎么来的？"

美智妈回道："不渴，也不饿，打车来的。"

梦诗刚给美智妈倒好水，就见美智指了指自己的身子下面然后微弱地呼喊道："梦诗，梦诗，血，太多了，赶快喊护士去。"梦诗见状惊慌地跑了出去。

护士走进病房一边打止血针，一边责怪着说："刚动完手术，没嘱咐你们不要情绪激动吗？"

美智妈吃惊地问护士："什么？动手术啦？"

护士左右为难地说："还是问问你闺女吧。"

美智妈急切地问护士："什么手术，打的什么针？"

护士平静地回答："止血针。"

"为什么打止血针？"

护士果断地说："因为出血。"

美智妈上前一把抓住美智，质问道："美智，你说实话，到底怎么了？"

梦诗挣开美智妈的手说："阿姨，现在美智又发烧，又流血，你可不要再刺激她了，她会有危险的，等她好了再慢慢告诉你！"

美智妈气得浑身发抖，再次问道："你做了什么丢人的事？打胎了？"

美智妈见美智不回答，一手把美智拽下床，连踢带打，一边打一边骂自己的女儿不检点，给她把人丢尽了。

美智哥哥见状赶紧伸开双臂挡住母亲，着急地打着手势呀呀个不停。

美智跪在地上求饶道："妈妈，我错了，我错了！"

护士提醒道："你这样对她，她会落下病根的，做家长的以前干什么去了？出了事才知道着急，有什么用呢？"

美智妈看见被打得披头散发、五官扭曲的美智，坐在地上心疼地大哭起来："老天啊，我做了哪一门子孽啦，你惩罚我吧！"

一旁的梦诗也哭了起来。

半夜，护士来给美智量体温，烧终于退下去了，并说危险期过去了，几人这才放心下来。

28

商民望着翻盖一新的房子，看着在大门两边分别挂着的两个牌子——"美智民间艺术团"与"小民老年公寓"，然后给大门的牌子拍了个照，随即便给美智发了过去，并写道：美智，好好保养身体，别的不去想，我爱你！你看见的房子是我几年来开酒吧攒的钱盖的老年公寓，妈妈生前是做慈善的，年前她突然去世，我要继承她的意志继续做慈善，也许我的举动令你看不起，也许你说我傻，没有远大的理想，但我不辩解，就算人各有志吧！另外我这院子挺大的，也弄了个小民间艺术团，这符合你的专业，如果将来你没地方施展才华，可以到我这来，不知你是否赞同。岁月静好，总得有人负重。

29

美智从枕下拿出手机，看完商民发来的微信，两行热泪滴在枕边，久久不能平静。她看了看靠近窗子的梦诗，只见她由坐而站，凝视起窗外，看得出在这夜深人静的时候，梦诗还在深深地思念蓝天，这叫美智一阵阵酸楚不已。

30

　　美智终于可以出院了，梦诗先出去叫车，美智哥独自搀着虚弱的美智，走出病房。美智妈一脸怒气地跟在后面。

　　等车的时候，美智妈满肚子的牢骚开始对美智爆发："你爸有病，我自己一人每天打烧饼供你上大学，还上的艺术大学，光学费就比别的贵许多，临了临了你给我落一这结果。你说你对得起谁啊！前几天，你哥刚有人给说媳妇，人家女方要车又要房，我就是打一辈子烧饼也买不起这些啊。本指望你毕了业挣些钱，支撑这个家，可是你——"说着说着，美智妈又哭起来了。

　　美智从包里掏出一张银行卡说："妈，你辛苦了，是我错了，这一张银行卡里有 20 万块钱。我就不跟着你们回去了，我还有许多事要干，我没事的，妈，你就放心吧！"

　　美智妈流着泪吃惊地接过银行卡，但仍然嘱咐儿子："快，背着你妹妹回家，咱回家养着！"

　　美智耐心说道："妈，我还有许多事呢，真的不能回去！"

　　美智妈见美智如此坚定也不好再坚持，便嘱咐她好好照顾自己，然后便和儿子回家了。

　　回到出租屋的两人谈今后的打算，美智说："我后天就要去参加比赛了，行不行我也要为自己拼一次，你不要为我担心了，到时候我会叫商民开车送我去。你呢？梦诗，你该好好调整一下自己的状态了。"

梦诗说："嗯，你说得对，过两天我先去神经科看看，最近老是头晕目眩，失眠也比较严重。"

"你肯改变就好，这是你卖出的第一步，我相信，未来你会越来越好的！"

31

梦诗来到医院后，突然看见了日思夜想的蓝天，她揉了揉双眼，感觉自己是在做梦，可现实告诉她没有错，就是蓝天，他身边还有一个外国女孩！

梦诗悄悄地跟着他们来到了一个病房前，病房里传来蓝天喊"阿姨"的声音，接下来梦诗便听见一个女孩儿安慰道："爸爸不在了，你自己可要好好保重。"

而接话茬的人则说道："放心吧，孩子！"

尽管多年没和妈妈联系，但梦诗还是听出了妈妈的声音，然后不顾一切地推开了门，大声喊了一句："妈，是你吗？"没等病人反应过来，外国女孩就迅速地把梦诗推出门外，说妈妈的心脏病怕情绪刺激。

蓝天见来人是梦诗便跟了出去，震惊地问："你怎么在这？"

梦诗大声喊着："蓝天，真的是你？"说着，一头扑到蓝天的怀里，"你为什么毫无音信，我想你想得快要疯了！"

蓝天没有回答也没有张开双臂，只是愣愣地站在那里，察觉到不对劲儿的梦诗松开蓝天，并问道："蓝天，你是不是生病了，你脸色怎么不好？"外国女孩再也忍不住了，厉声叱道："你疯了吧，这是我的男朋友！"

蓝天推开梦诗，耸了耸肩笑着给梦诗介绍道："这是我的爱人丽莎，你我的一切都过去了。"

梦诗惊呆地说："什么？说过去就过去了？爱，就这么脆弱？"

蓝天不耐烦地说道："你以为呢！"

嗤之一笑的梦诗使出"洪荒之力"扇了蓝天一巴掌，然后扬长而去！

32

从医院出来的梦诗不知道自己的前路在哪，魂牵梦绕的男朋友背叛了自己，妈妈也成了别人的妈妈，而似乎自己和那两个人再无瓜葛！

33

梦诗回到出租房，环视着空荡荡的房屋，自言自语道："都走了，名走了，利走了，爱情也走了！"不知在窗前站了多久，直到感觉一阵阵头晕，以至摔倒在床上，梦诗才从发呆的情绪中走出来，她急忙拿凸医生刚给她开的药，逐个加大剂量地服下，然后躺在床上，让自己睡去。

再打开手机时，已是凌晨一点，梦诗勉强地站起来，站在窗前。今晚的月光还好，有几颗星星高傲地挂在天边，她久久地望着窗外恋恋不舍，忽然想起北宋晏殊《珠玉词》里的句子，她自言自语道：

一曲新词酒一杯。去年天气旧亭台。夕阳西下几时回？无可奈何花落去……

34

美智的明星梦落空了，她没有被选上，但她没有失去对生活的信心。她和商民来到翻盖一新的家，当见到院子里的老爷爷老奶奶以及几个孤儿开心地玩耍时，她坚定了为民间艺术奋斗的决心。

其实来这儿之前，美智已经有了初步打算，并且有了个很好的人选。美智拨通一个电话，说道："您好，我是美智，是之前在公园里留您电话的那个女生，是这样的，我现在想办一个民间艺术团，地址就在春县三十里铺，想请您过来帮忙，冒昧问一下您的艺术经历情况。"

只听电话那头的人说："我叫正民声，今年 60 岁，是春县京剧团解散后下岗的员工，一生无儿无女，去年老伴去世了，这不，就好音乐这一口，我的音乐水平就是你在公园里看到的情况！"

美智说道："那您明天下午方便过来我们谈一下吗？"

正民声老先生欣然同意。

35

梦诗拉着两大行李箱跄踉回家了，没想到竟然见到了许久未见的父亲，一进门，她便喊了声爸爸，泪如雨下。

梦诗爸吃惊地问："怎么了？发生什么事情了？"

梦诗惭愧地说："我身体实在撑不住了，我生病了。"

梦诗爸又问："到底发生了什么事？"

梦诗如实说道："没事，是我太傻了，我太注重爱情了，以致失去了自我，让你失望了，我错了！"

为了确认女儿的病情，爸爸领着梦诗来看老中医。老中医直言告诉他们："久思伤脾，脾胃不和，肝气郁结，肾气不足，一句话，这闺女对情太执着，导致整个身心失调。药是治不好她的病的，最好用心理疗法，可以让她去做些公益活动，把爱和恨都放下，多做些奉献。"

36

梦诗爸领着梦诗来到了梦诗曾经为爱情许愿的白云寺，想让她在这里做些公益活动，梦诗眼前一亮，一横幅写着"传统文化公益论坛"正在招收义工，梦诗要求在这里做做义工。梦诗爸爽快地同意了。

大雄宝殿前，梦诗一眼瞥见蓝天和那个外国女孩正手牵手挂同心锁，她不禁嗤鼻一笑，这也曾是自己和蓝天发誓生生世世在一起的地方，除了女主角换人，同样的故事再次发生过了。

梦诗的手机铃声响起，是美智打来的。一接起电话，美智就迫不及待地问道："梦诗，你好些没？"梦诗莞尔一笑，说道：

"放心吧，我会越来越好的！"听见梦诗这么说，美智也就放下了心，然后继续说道："梦诗，我还有个事情需要你帮忙，就是我想请你爸爸过来帮我，我在电视上看了他编的节目，感觉很好，正能量满满，老百姓也喜闻乐见，我想请他加入我们，你看行不行？"听见美智夸赞自己的父亲，梦诗很高兴，但还是说道："这种事情还是得让他自己决定，他就在我旁边，我把电话给他。"

　　梦诗爸接过电话，与美智相谈甚欢，挂断电话后，他抬头看了看天空，顿时感觉诗和远方有了方向。

　　梦诗的手机再次响起，是高亮的视频电话，高亮在视频中安慰了梦诗一番，并说自己正在为考军校努力，他们要一起加油迎接新生活。

　　梦诗放下手机抬头一看，绿地迎面走来，他告诉梦诗自己现在在一所小学教书，来这里是求一些传统文化的书籍给孩子们当课外读物，没想到这么巧，能彼此遇见。

　　梦诗和爸爸走出白云寺，放风筝的人很多，梦诗也买了一只，放向天空，在高高的天空中梦诗的风筝和一只风筝缠绕在一起，她沿着风筝线望去，试图寻找放风筝的人！

幸福房子（上、下集）

上　集

一

　　因父亲身体不舒服，我便想要带女友鲁珊回家看看父亲，父亲却说头疼脑热的不碍事，磕磕碰碰是常事，没必要特意跑一趟，而且我们回家一趟路费挺贵的，不想让我们浪费。但因为我的坚持，父亲不再阻止，说："咱农村条件差，人家不嫌弃就回家看看吧。"

二

老父亲自打得知我领女友一块回家的消息后慌得不知所措。为确信我回家的日期，父亲一天给我打两次电话，以前是半年也不主动给我打一次，父亲这脾气，就是不爱言语，沉默得很。通了话，父亲紧张得不知说啥，颠三倒四地说了这么几句："屋内老墙新糊了报纸，报纸是拎了几斤芝麻从支书家讨来的。老黄狗看家很灵，要不那天晚上老黄牛就被人偷了。"

这次回家是鲁珊爸爸的司机送我们，轿车开进胡同，我远远地便看见父亲正弓着背站在门口，用手打着凉篷张望。他戴一顶旧蓝帽，身穿我去年给他带回来的不时兴的一身蓝西服，西服的两片撇领被父亲重新掀起来订上了一个摁扣，看起来甚是土气，尽管穿上不合适，但父亲感觉很好。

我说前面那个篱笆门口就是了，门口前站着的就是我父亲。轿车戛然而止在离父亲大约一米之处，吓了父亲一跳。没等车停稳，父亲就扒着车窗往里找，看见我便一副如获珍宝的样子，脸上随即绽放出笑容。我们下了车，我对鲁珊说，这就是家。鲁珊下意识地捂了一下鼻子斜视了一眼，像面对一个旧世界一样苦难加仇恨地打量起来。我见到眼前活生生的父亲，竟不知怎么来表达我这份亲情，不知为什么我竟然上前和父亲握起了手，我强烈地感觉到他的手在往回抽。

失态的我木偶般立在父亲和鲁珊之间开始介绍："鲁珊，这是我父亲。"

鲁珊看着这张纵横交错的脸，立刻想起一幅叫"老农"的油画来，面对这个从油画里走出来的老农，她禁不住抬手又捂了捂鼻子，皱了皱眉头。我见状立刻捅了她一下，暗示她朝"油画"喊人，但她只是朝"油画"点了点头。

"爹，这是我的女友鲁珊。"我对父亲大声说。

父亲情态紧张地看着眼前这位黄头发、红嘴唇、上身穿黑皮小袄、下身穿黑皮小裙的女人，张了张嘴，但不知该说些什么，而后点了一下头，失态地向女友鞠了一躬。

司机没有表情，也没说话，只是目测了一下篱笆门，感觉轿车开不进去，就很麻利地打开后备厢从车上搬下了两箱东西，正想往屋里搬时，父亲看见了，马上提高嗓门，呵斥道："我儿子是农民的儿子，不能收礼。"

司机听后愣愣地站住，女友听后莫名其妙地看了看父亲，又苦笑着看了看司机，我赶紧说："这不是送礼，这是我们自己带来的。"

为了以示感谢，我请司机去屋里坐坐，但司机以有事为由婉拒了，并表示就不回来接我们了，鲁珊说我们自己会想办法回去，就不用他们费心了。

三

眼看午饭就到了，院里的一只老母鸡在"咯咯嗒嗒"地叫，鲁珊兴奋起来，父亲问鲁珊中午吃什么，鲁珊毫不犹豫地说："就吃这自家养的土鸡，这鸡在城市难得吃到。"父亲听后就盯起了这只刚下完蛋来讨主人赏食的老母鸡。老母鸡的一举一动都左右着父亲的视线，趁鸡立在那里不动的一刹那，父亲腾空而起，如饿虎扑食般直向母鸡扑去。这一动作吓了我和鲁珊一跳，鲁珊甚至叫了起来，我忙向前扶住父亲，可父亲早已奔到院里，一圈一圈地追赶起母鸡。

结果当然是父亲逮住了鸡，可自己也摔倒在地上，额头甚至都流了血。

我看着父亲的鲜血，心里像打翻了五味瓶，以给父亲上药为借口，把父亲领到门外，对他说："爹，目前我投房紧张，没给你带像样的东西，那两箱东西一箱是酒一箱是烟，不过都是好的，是鲁珊带给你的，我一点东西没给你带来，给你二百块钱吧！"爹执意不要，但还是没有拗过我。看着爹的伤口，我的眼睛有些湿润，简单地给父亲包扎了一下。

父亲麻利地宰好鸡，放到水盆里浸着，然后到院子里摘了几根丝瓜。父亲燃着柴火在大锅里炒起丝瓜，大概嫌一只鸡单调。我帮父亲烧火，炒至火候时，父亲命令我拉风箱，在一旁嗑瓜子的鲁珊清清楚楚地看见许多灰尘准确地落在锅里的菜上，捂着鼻子命令我："不要拉风箱，空气污染太严重，太不卫生了！"

我只好停住拉风箱。谁知没有风的柴火难以充分燃烧，熏烟从灶口乌云般奋力升腾。鲁珊见状飞了出去，并不停地喊："金凯，别烧了，空气质量爆表了。"

我没有吱声，鲁珊不耐烦了，她拽起我，拖至院子。我喷嚏加咳嗽地响个不停，随即泪流满面。鲁珊拥着我用雪白的面巾纸给我擦脸上的灰尘。屋里又响起风箱声。一会儿后，熏烟全无，菜终于炒好了。父亲盛好菜，端到饭桌时，冷不妨地打了个喷嚏，喷液不偏不斜地均匀喷在菜上。鲁珊的脸色告诉我，这菜让她恶心。我示意让她只吃鸡，可她的脸仍一直阴沉着，父亲便一直思虑着阴沉的原因，最后他断定自己插在儿子和儿媳之间是不合适的。想到这里，父亲从锅里舀了半碗鸡汤，开始移动木凳子至风箱边。我从提包里拿出鲁珊最喜欢吃的零食，经过我再三的哄劝，鲁珊才吃了几片，父亲如释重负，总算松了一口气。

这时，老黄狗踱进来，摇着尾巴，饱食着地上的骨头。

四

吃完了饭，父亲给老黄牛筛了几筐草，又进屋默坐在冲门的方桌旁，从衣兜里掏出烟袋包，拿出一捏儿，卷好。

鲁珊拿出手机划拉，自言自语埋怨家里没有网，她又拿出自己的化妆包，躲进里屋给自己本来就漂亮的脸蛋锦上添花。我默坐一旁看父亲吸烟，黄狗乖巧地趴在父亲脚下。

其实，这次我和女友一块回家除了看望父亲外，还有一个目的——向父亲要婚房钱，尽管父亲病弱且鳏寡一人。

大学毕业后，我在离家千余里的大城市谋了份工作，已有一年没有回家了，在这期间我重感冒时父亲来过一趟，来的时候迷了路，摸了一天才到我住的地方，他说城市的楼房都是一样的，商店也都差不多，商品也一样，就连光滑的地面也一样，由于地面的光滑父亲还摔了一跤，摔到了腰。爹的脚在土地上走了 50 多年，可能一时不习惯走这种水泥地。父亲走的时候，还没完全康复。

我看了一眼老黄狗，问父亲："老黄狗养了多少年了？"

父亲说："快 10 年了。"

我问："你的腰还好吧？"

父亲说："回家不久就好了。庄户人家皮实着呢，磕磕碰碰是常事。"

我闻着刺鼻的烟味说："爹，你别抽这种烟叶了，有害身体，你抽鲁珊给你拿来的好烟吧！"

父亲说："烟叶抽起来有劲，好烟没劲，我抽不习惯！"

我问："今年地旦收成怎么样？

爹说："风调雨顺，党的政策好，免了农民的农业税，农民也有了医保，看病也看得起了。"

"年纪大了，要注意身体！看，你的腰才几年啊就驼了！"

"老了，干活干得急，落下的，这不刚给你在村东头盖了座新房。"

我惊奇地说："什么，给我盖的新房！"

父亲说："是啊，早晚还不落叶归根回家住。你要不要看看去？"

我说："不去。农村的房子有什么好看的，我又不想回家住。"

五

晚上睡觉时，鲁珊搂着我，亲吻着我，她那娇滴滴的情态弄得我神魂颠倒，系着结的千头万绪在这顷刻间荡然无存。鲁珊拽着我的耳朵说："重要的事忘了吗？"

"哪敢忘，10 万，是不是！"

"怎么？心疼了？你可知道我爸爸给了我们 100 万呀！"

"知道，知道，我的宝贝！"

鲁珊睡熟后，我穿衣下床，来到外间屋，只因钱的事。我坐在土炕上，凝视着父亲睡觉的样子。父亲的头发已白了一半，乱蓬蓬的，勾着头。父亲睡姿的凄楚与沧桑比我看见他那满脸网状的皱纹更心碎。我想拉过父亲的手握一握，又想理一理他那乱蓬蓬的头发，不知为什么手一触到父亲就像碰了炸弹一样。我只好给他拽了拽被子。他老人家睡得极轻，大概是牵挂着院中那头老黄牛，因为执行看守任务的老黄狗已惨遭不幸了。

"还没睡？"父亲嘶哑着嗓音问我。

我说："我以为你睡了。"

父亲说："我睡不着。"

我说："爹，我来看着老黄牛，丢不了，你睡吧。"

关于钱的事我还是没有勇气提出。我移步院中，感觉身上有点凉，细想起来时令已接近晚秋。今晚的月光还好，我注视着父亲这三间破旧土房，房上长满了杂草，土坯院墙也已残边缺沿，门口用篱笆遮掩着。

老黄牛站在那里打着响鼻，仿佛寻觅着朝夕相处的老黄狗。

我走到石榴树下蹲下来审视着，父亲的全部家业——耕犁、铁锨、锄头、喷雾器、水桶，还有一辆木制的拉车。我知道祖上为农至今，几辈子只出了我这么一个大学生，可只有一次画饼充饥式的荣耀。

"金凯，干什么去啦？"正在思索该怎么向鲁珊交代时，鲁珊的声音传来。我听后打了个冷战，急忙解释道："去了趟厕所。"

我的手急忙插在腰间做整理裤子状进了里屋。等我再次脱掉衣服后，鲁珊便死死地搂着我不放了。

六

早晨，我起了个早，想和父亲商量一下 10 万元钱的事，而父亲早已出门了。天空阴得很沉，随时都要下雨的样子，父亲会干什么去呢？正当我站在门口东张西望时，一位乡邻告诉我，父亲去新盖的房子里垫土去了，在村东小河边。

我疾步村东，老远就看见一座新院墙——紫红的大门，门外还有两个石头狮子，仿佛过去财主的家院。我迫不及待地走进去。

父亲在院子的一角正挥汗如雨地垫土。父亲见了我停下手中的锹，从脖里拽下手巾擦了一下脸上的汗，顺手拧了一把，汗水如屠宰时的鲜血，哗啦落地，这一切激起我心中的酸楚与感激。眼前的这座新房竟使我深深感知成美丽的天堂抑或魔鬼的地狱，一种无法言表的情绪叫我欲哭无泪。

"爹，哪来这么多钱盖新房？"

"没花多少钱，都是一点点攒起来的，檩梁是前几年攒的棉花钱买的，砖是我自己摔的砖坯又自己在老窑里烧制的，砖坯用的土是我和老黄牛拉运的。"

"爹，你这么大年纪了，还给我盖房！"

"盼着你老了回家住！"爹说完这话，不知又从哪里来了兴致，非要领我到河边的桥上去走走。而我一句话也说不出来了。

记得我上大学走的时候，爹也是领我至这个位置。那时的父亲红光满面像喝了半斤老白干，转身走的时候，还哼起几句京剧。爹指给我看河对岸的那块土岗，我仔细地顺着爹的手指望去……

爹幸福地给我介绍那块土坡是花了 200 元钱买下的坟地，今年清明节把我娘、我爷爷、奶奶挪了过去。为了不让人们用高坡上的土，父亲还栽了几棵小松树，那块土坡是我儿时放羊居高临下的地方，高坡下面有十几棵桑椹树，父亲花了 300 元钱承包下来，至今茂密地长着。

父亲看着这些地方沉默了好大一会儿，他一定是想起了年轻时在高坡上扛着长鞭领我放羊的情景。那时的他乐呵呵地笑着，时不时将长鞭扬起，抽打几片桑叶，飘落的叶子供羊群争夺取闹……10 万块钱的事又跑到了九霄云外去了。

一提起鲁珊一人在家，我和父亲便赶忙回家，顺便在街上买了早饭油条。吃饭时鲁珊拿起一根油条，再三用眼神暗示我 10 万块钱的事情，我看着鲁珊那娇滴滴的脸，终于鼓足了勇气。

"爹，我们打算老了也不回家住，你看是不是把新房子卖了？"说完这两句话，我顿时觉得天旋地转。

鲁珊看出了我的窘态，在这千钧一发的时刻，鲁珊挺身而出："大伯，我们在城里买了一座楼房，我爸给了我们90万，还差10万，你老人家想个办法吧，我们打算明天就回城。"

父亲嘴里的食物没等嚼烂，伸了伸脖子就咽了下去。由风箱边挪至冲门的方桌旁坐定，掏出烟袋，卷烟的手不停地抖动……父亲抽着烟默坐了一会儿，我和鲁珊两人也沉默不语，三个人像被人点了穴似的僵持在那里。

父亲走出了家门，我望着父亲的背影问："爹，你干什么去？"

父亲没言语。

我心想他会不会去寻短见，想到这里，我向父亲跑了几步，站在他的跟前说："爹你要干什么我跟你一块去吧！"

父亲坚毅的目光看着我说了三个字："卖房子。"

原来父亲是去张罗房子的买主，我眼巴巴地望着父亲的背影消失在灰蒙蒙的阴晦的天气里。

天空响起轰隆隆的雷声，一会儿又有两道闪电横空出击，像父亲那两道坚毅的目光。

七

雨下得不算大，但连绵着。父亲冒雨回来，身上淋得很湿，一进门就说："新房子卖了，钱还没有凑够。"

鲁珊说："还差多少？"

父亲说："1万块。"

鲁珊说："我们可一分钱也没有了。"

父亲说："别急，我再来想想法。"

父亲坐下来卷了一袋烟，低着头，一口一口地抽着，抽完那支烟，戴上一顶破草帽，牵着老黄牛出去了。

晚上秋雨还是下个不停。鲁珊甜甜入睡。我来到外屋见父亲坐在方桌边的圈椅上低着头吸烟，方桌两边各有一把破圈椅，我坐另一边。父亲蜷曲的身子如泄了气的皮球。

朝夕相处的黄狗没了，相依为命的老黄牛卖了，苦心打造的天堂也卖了……

好大一会儿，父亲终于说了一句话："总算凑够了10万。"我一时不知该说什么，这时几滴雨水砸在我的头上，接着屋里滴滴答答地漏起水来，瞬间，整个屋几乎没有一处好地方，父亲站起来将几个盆子放在漏雨厉害的位置。我摸了摸被雨淋湿的头发，只听鲁珊在里屋拼命地叫喊："金凯，漏雨了！"

父亲起身给我找了一个破棉袄，我和鲁珊撑着父亲的破棉袄听着屋内的漏雨声，迷迷糊糊地打着盹儿。

天亮后，牛棚里叮叮当当地响个不停，弄得人心烦意乱，我只好推开鲁珊，走了出去。

"爹，你这是干什么？"

"咱村的路，下了雨，泥泞得很！你们又没带多余的鞋。我把这辆拉车修好一会儿拉你们出村。"

八

我不想让父亲这样受累，于是找出父亲的旧鞋，但试穿了几双后都不合适。父亲看出了我的心思，拉过车爽快地说："老牛卖了，我，拉你们出村。"

院子里的树叶、泥巴、牛粪……全是黏糊糊的一片，鲁珊捂着鼻子多次示意让我上拉车，我不知道怎么就答应了。父亲背出两袋东西给我们交代说："家里也没什么好吃的，带点石榴和红枣还有咱自己种的丝瓜吧，城市人稀罕。"说着，父亲就把两袋东西放到拉车上，又塞给鲁珊一个红包，"闺女，家里穷帮不了你们多少，这 10 万块钱拿好。"

鲁珊接过红包略显难过地说："老伯，我不知道这 10 万元钱对你来说是这么不容易。"

父亲仰脸看了看天空，风和日丽，憨笑着说："坐好。"

父亲使劲地拉着车，前面就是村东的桥了，这是我当年考上大学父亲送我上车的地方。此时我强迫自己是块木头什么也不想，可是当我看见父亲脖后的青筋条条绽出时，我泪如雨下。

下　集

一

　　父亲要来参加我的婚礼，因为有许多事需要忙，我没时间，所以便让司机提前一天把父亲接到了旅馆。我打电话告诉父亲晚上去旅馆看他，让他先好好地洗个澡。父亲的口气有些犹豫，我知道症结所在，便说："在旅馆洗澡不另外加钱，沐浴液、洗头膏随便用，可以放心地洗就是了，洗完后记得去旅馆门外理个发。"

　　鲁珊强烈建议让父亲把头发再染一下，还说要给他买身名牌西服，父亲坚持不让买，说自己是穿过年才舍得穿的衣服来的。

　　但他并没有说服我们，我和鲁珊仍旧去了商场。逛着的时候，父亲打来电话，说是水龙头弄不出水了，我告诉他后，父亲戴上老花镜操作起来，但因为操作不当，手也不灵便，水流猛劲地流了出来，里里外外弄了父亲一身水，衣服全湿透了。我嘱咐他洗完了澡不要再穿旧衣服，旅馆的橱柜里有睡衣，那个穿上舒服，可以放心地穿，是不加钱的，一会儿买好衣服就给他送去。

父亲看了看湿透的旧衣服，心想别说不叫穿，叫穿也穿不得了。洗完澡后，他无可奈何地穿上睡衣来到理发店，进门就问服务员："理发要多钱。"

服务员说："80元。"

父亲紧接着问："再染染头发呢？"

服务员耐心说道："看你是旅馆过来的，一共150元就可以，别的顾客都是200元呢。"

父亲默许，服务员让父亲先去洗头，哪知父亲却说："刚在旅馆洗过了，是不是不洗头可以再便宜些。"服务员说一样。

洗好头的父亲坐在椅子上审视着自己，乱蓬蓬的白发和这身睡衣很不协调，他之是笑了笑摸着自己的脸问服务员："刮胡子不另加钱吧？"服务员斩钉截铁地说加，父亲本能地惊了一下，然后告诉自己豁出去了，人生难得有这么几次大喜事。

回到旅馆，父亲照着镜子端详起自己，漆黑的头发、干净的脸面，他摸着脸自言自语地称赞大城市里的人做工就是细，给刮的胡子就是光滑。

鲁珊拎着一个大包，我拎着一袋子水果来到旅馆。看到父亲后，鲁珊惊讶地冲着我喊道："金凯我没看错吧，这是老伯？"

我笑笑说："假不了。"

鲁珊迫不及待地想让父亲试试新买的衣服。害羞的父亲让我们先去外边躲一下，因为他里面的衣服洗澡的时候弄湿了，在洗澡间晾着呢。

换好衣服后的父亲再次让鲁珊惊喜了一番，直说："再戴副眼镜就是大学教授了。金凯，我让你买的平镜呢？给爹戴上看看。"

"忘了，要不我再回去买？"

父亲急忙说道："我带着老花镜呢，在洗手间呢！"

鲁珊走进洗手间去拿老花镜，猛然看见浴巾的搭手上晾着父亲的短裤衩，又皱又破，还补了几个布丁，鲁珊凝视着它，"唰"的一下泪流满面！鲁珊出来后有些哽咽地问父亲："春节的时候给你了 2000 元，你咋舍不得花呢！"父亲赶忙解释说："花了花了，都买吃的了，庄户人家缝缝补补的不觉得难看。"

为了缓解尴尬氛围，我说道："咱先说正事，明天就结婚了，时间很紧。"

鲁珊稍缓解了下情绪，说道："是这样的老伯，今天都很忙，我爸妈没时间过来陪你了，请你原谅。明天婚礼双方家长都有祝词发言，考虑到你不认识字，就先叫金凯教教你该说的话。"

父亲挠了挠头说："可别弄些文化词，给我弄成大白话教我还好记。"

我安慰着父亲，让他不用愁，就简单几句。

父亲像小学生一样规规矩矩地一字一句地学着。我嘱咐父亲要认真练习，婚礼上出丑让人笑话。父亲很窘迫地看着我和鲁珊答应着。

走出旅馆，鲁珊坚持去宠物店把妞妞接出来去做美容，我不希望婚礼现场带妞妞出场，但鲁珊不高兴，坚持带！

开宠物店的夫妻是来自贫困地区的，我们到后，他们说正想给我们打电话呢，因为他们明天就要回老家了，家乡脱贫了，回家种地，也好好陪陪娃。

二

婚礼上，高朋满座，喜气洋洋。我们登场时，鲁珊牵着妞妞，纤绳是红色的，妞妞也穿着红色，雪白的妞妞穿一身红特别漂亮。

父亲也特别精神，戴着眼镜如鲁珊说的那般——像个学者。父亲率先发言，当他把发言词背到一半时，就卡壳了，他愣了一下感觉很尴尬，急中生智，他竟然用京剧把下面的词唱了出来。只见人群中有的大笑，有的鼓掌。婚礼主持人灵机一动说："新郎父亲兴致真高，把祝词给各位来宾用京剧唱了出来，难得，难得啊。"

而后，一个快递员抱着一个礼盒走进来，婚礼主持接到手中，我和鲁珊看到这幕面面相觑。父亲让我们打开，里面是一幅来自甘肃农村的感恩画，准确地说是一幅师生共同创作的感恩图。里面夹着一封信，主持人大声宣读："感恩康大叔的资助，我恢复了健康，今天是你儿子的大喜事，我和全体师生画一幅画深表祝福。"

听到这里，我和鲁珊还有所有人的目光都聚集到父亲身上。我和鲁珊为此都很感动，我们下意识地把牵着的手使劲地握了一下。

接下来是鲁珊父亲发言，气氛缓和了下来。父亲看见妞妞在原地打转儿，他知道这是要大便的征兆，他迅速地抱起妞妞走下台。

妞妞把便便拉到了父亲的名牌衣服上。司机拉父亲去了旅馆，因为旧衣服还不太干，中午的饭父亲就没来得及和来宾一起吃。

晚上我们两家吃饭时，把妞妞也领来了。鲁珊妈说以后怀了孕就不要养宠物了。

鲁珊爸则是拉着父亲给父亲道歉："上次两个孩子回家管你要钱买楼房，难为你了。我虽说是个董事长，但大股份都是员工的，近几年又在贫困山区捐献了几所小学，希望你能谅解。"

父亲不好意思说道："挣大钱的有大钱的用处，能理解。"

我想起婚礼上那个远方的礼物的事，便问父亲具体是怎么回事。父亲说："我把你和鲁珊春节给的过年钱捐给了一个山区教师，这个老师一个人教全校的课程，累病了。"

鲁珊父亲听了这话深深地看着父亲，并对鲁珊妈说："来，举起酒杯敬亲家，大哥，我们敬你，我干了，你随意。"

父亲也干了，一杯酒下肚，父亲的话多了起来，说我们老家那个房子的买家大嘴想把房子卖了，我问为什么，父亲说今年他孩子上一年级，愿意去县城上，可是按县里的规定县城得有楼房才让上学，大嘴就又张罗着卖掉房子去县城买楼。我问父亲还是卖10万吗，父亲说今年可卖不了那个价了，顶多卖8万。

鲁珊举起酒杯说："金凯，端起酒杯，咱敬爹。爹，你是感动我一生的人。我和金凯一定不会让你失望。"

鲁珊不能喝酒，我便替她喝了，谁知，我刚喝完，鲁珊就说道："金凯，我决定了，明年生了宝宝，就去山区支教。我们都是师范专业毕业的，不能愧对这个称号。人生不能只为自己，奉献才是有价值的。"

"鲁珊，你不没喝酒吗，咋这么慷慨激昂，像喝醉了一样？"

鲁珊说酒不醉人人自醉。

三

父亲要走了，妞妞眼巴巴地看着父亲，鲁珊说："爹，你把妞妞带走吧，叫她陪着你，我爸妈不喜欢狗，去年由于我的不懂事，你杀了陪伴你的老黄狗，我心里一直过意不去，真的很对不起您。"

父亲抱着妞妞上了车，我和鲁珊送父亲去了车站。鲁珊从小包里拿出一张卡，递给父亲说："爹，拿好，这里面有 10 万元，是结婚的份子钱，爹，你再把卖给大嘴的房子买回来吧，那本来就是你的幸福房子，等明年我们去支教走了之后，我们城里的房子也是你的房子，城市、农村你随便住！"

父亲推辞着说："孩子啊，其实你们就是我的幸福房子。"

我的注意力一直在快出发的大巴车上，我催促着父亲赶紧上车，当我回头看父亲时，才发现，父亲身上的那身我淘汰下来的西服的两片撇领上订的那个扣子紧紧地扣着。父亲满眼含着泪，那张卡在父亲的手中颤抖。

第二篇　散文

爹娘十二月

我的爹娘是农民，一年十二个月，对于爹娘来说，其就像身上的十二块肉，拍扭哪块都心疼。爹娘的日子里没有上下班，没有星期天，更没有节假日，每个月有每个月的农活和琐事。

二月

家乡地处黄河冲积平原，是棉花生产大县，素有"棉乡"之称，这称号的来源说来话长。家乡引种棉花较早，明朝时已形成大规模，清末民初，植棉面积占了耕地的70%。中华人民共和国成立后，家乡棉花大发展，总产量列全国首位。全国农业展览会还曾介绍过家乡的棉花生产经验。改革开放后的八十年代，家乡的棉花再上高峰，喜获人均交售量全国第一名。从此棉花就成了家乡人的命根子，一代又一代延续至今，家乡人对它的感情犹如亲娘般亲切，这也是我们把棉花亲切地称为娘花的原因。爹娘史成了一部棉花史。

二月，乍暖还冷，瘦瘦弱弱的花骨朵放不开手脚，小心翼翼地在春天的窗口上扒头瞧影，蠢蠢欲动，它滋养了一个冬天，定是储备了大量的能量不轻易释放，它厚德载物，承载了春天所有的希望。

二月，父亲开始盘点种棉花所需要的物资：饼肥、磷肥、种子、土肥、塑料薄膜等，估算出需要多少钱后就让母亲去银行取钱。有时候母亲不情愿，舍不得存起来的钱再取出来，这时候的父亲就开导母亲："人世间做什么不是先投资，没本儿哪有利儿？"母亲便哼着民歌去取钱了。而彼时的父亲则一边修理农具，一边哼唱着不成调的京剧。

爹娘每天很早起床，去整理棉田地，施底肥，浇水，耕地，耙地等。我家常常买不起太多的化肥，爹娘就每年多积攒土肥。他们幸福地向地里拉着粪土，父亲驾着辕，母亲拴一绳在一旁帮拉着。

说起爹娘拉车，给人的感觉一定是落后了一个时代，因为大多庄户人家都用上了拖拉机或三轮车。改革开放四十年，经济大发展，农民都勤劳致了富，可是家庭负担重的人家富裕的步伐迈得慢了些，就像我们家，事多，花销大，一是因为要供我上大学，二是因为外婆常年有病，需要靠药物维持。

爹驾辕拉车让我想起纤夫拉纤，可惜娘并不会像"妹妹坐船头"般清闲地专等日落西山，娘会在爹驾的车辕上拴一根绳，比爹拉得还用劲，还着急。他们把大粪卸到地里，闻着臭烘烘的味儿，眼里开始冒出希望的火花，他们定是想到了大朵大朵的棉花盛开，还有春天五彩缤纷的鲜花结出的秋天沉甸甸的果实。

三月

三月，父亲常说天气不错，日子不错，党的政策也不错，种子公司、农肥公司、农用机械公司等信用也不错。这时候的母亲就会接着话茬儿说这里那里满满的都是福。

父亲走向田野，查看棉苗出得齐不齐，他蹲下身子，扒开泥土，捏捏泥团，辨一辨泥土的成色，确定一下什么时候该施肥、浇水。

三月里，爹娘看见湛蓝的天空会把脸沉下来，因为风和日丽的春天会给他们带来不安，他们盼望的是贵如油的春雨。

梨花开放的时候正是清明时节，娘在这个月心情有些伤感，因为娘的许多亲人都先娘而去了，娘的父亲牺牲在抗美援朝的异国他乡，娘的妹妹以及侄儿也都相继离开人世，爹娘的田地周围就是亲人的坟地。

爹娘的春天里没有花朵，只有甘甜的果实。

四月

当春天绿了大地的时候，小棉苗也从塑料薄膜里出来放风。四月的风刮了一场又一场，爹娘被刮得像土人，小棉苗也经不起风吹摇晃，被吹得东歪西倒。爹娘心疼地摸摸这棵，摸摸那棵，像对待生了病的孩子般，小心翼翼地照料它们。

这个月趁着父母不忙，姥姥说要搬家，非要离开原来的那间老房，搬到河边自家树林的木屋里去，原因很简单，就是老邻居由于生计的原因开始杀牛！

姥姥心肠很慈悲，见不得刀光剑影。姥姥曾亲眼见过邻居牵着一头牛至屠宰门口时牛跪了下来，随之，两个牛眼泪眼汪汪，邻居不顾这些毅然拿起皮鞭发号施令，牛自岿然不动，这无声的反抗激怒了邻居，其拿起屠刀就地把牛解决了，牛死了，刀弯了，更惨的是，牛肚子里还有一个夭折的小牛犊。

爹说他很敬重牛，接着他讲了一个老牛宁肯自己被打得皮开肉绽也要给小牛讨口水的故事：有一个行人挎着一个水壶，路遇一老农与一老牛。老牛轻轻地舔了一下行人的水壶，闻出了水的味道，而后横路跪下求水，老农皮鞭抽之不起。行人停下来，放出一小盆水，老牛没有喝，只是把头高高地抬起，"哞哞"地使劲叫了几声，随着声音从高原那边跑来一头小牛，小牛痛饮了盆里的水，老牛舔了舔小牛的嘴巴，老农抚了抚老牛的皮毛，走了！

爹娘说，天底下什么事做不好都可以原谅，唯有不孝是不可原谅的。

五月

五月，棉苗刚刚定好，蜜虫子就开始危害青苗了。这是最累的时候。母亲常常是一大早就去商店里买农药，选毒性最大的买，因为这样的药灭虫效果好，但他们忘记了药对人的危害。

父亲拉着水、喷药机子，也来到棉地里，喷药机子是电的，背在身上，呜呜作响，每打完一桶药，母亲就从父亲身上把机子接下来灌上水，配上药，再帮父亲把药桶背在身上。母亲一边配药一边说：'这次我多花了五块钱买的好药，人家卖药的说这药比老年里的'三步倒'还灵。"

父亲说："卖瓜的谁说瓜苦！"

母亲说："要不，你渴口尝尝！"

父亲嘿嘿地笑着说："你舍得我，我就尝。"

说着父亲脱下褂子，蘸了一下母亲兑好的药，往自己身上一抹，然后咧着大嘴笑着说："是真的，是真的，皮肤烧得好疼。"

娘听见爹说烧得疼，不但没有心疼爹，反而心里美滋滋的，满脸的堆笑像早开的棉花。

父亲喷药的时候母亲也不闲着，有时候她就去拔些野菜以便回家喂小猪、小羊，有时候她就找个树荫凉坐下来给父亲做鞋，鞋帮、鞋底都是棉花做的，又软又吸汗，穿上非常舒服，记忆里父亲没穿过买的鞋。

中午，是治虫最有效的时候。可是这个时候药的毒性对人也最有害。母亲总不先回家做饭，因为她不放心，她总要等父亲喷完了药一起回家，哪怕等到下午。因为前几年父亲喷药时，中过毒，幸亏抢救及时。

父亲是个很好的丈夫，自己有过中毒后，他再不让母亲喷药。母亲性情如棉般温柔善良，每当父亲喷药的时候她一步不离，总是时时陪在身边。

六月

六月，爹娘把平时剩余的钱都拿出来，娘催着爹去城里买化肥。

爹把化肥买回家，他们就盼着阴天下雨，施肥前后下雨是最美的事。爹娘在棉田里一边掐心，一边打杈子，一边看湛蓝的天空。母亲的腰不好，不能弯太长时间，但棉棵打杈子时间性很强，否则就长疯了，娘很清楚这些，腰疼得厉害的时候，她就跪着，用膝盖当脚，打完几亩地的棉杈子，不要说裤子磨坏了，膝盖也要肿好几天。六月里，草长得更快，爹娘除了掐心打杈还要拔棉田里的草，这些都是要突击干的活儿，他们突击干了三天三夜总算干完。爹娘累得像残疾人，一瘸一拐，胳膊也不能伸屈自如了。

买回化肥已有半个多月了，可天公不作美，期待中的雨还是没能如期将至，他们只能选择浇地。他们不顾自身的伤痛，拉着抽水机子又奔向棉田。可谁知，刚浇完地，一场倾盆大雨从天而降，他们拖着被淋得湿透的衣服回家。大热的天，他们却感到全身瑟瑟发抖，发烧到 39 摄氏度。

第二天一大早，他们俩无论神态还是体型都像喜剧丑星一样，但他们仍一如既往地劲头十足地拉着化肥去了田地。

七月

进了七月，每棵棉苗都挂满了希望，庄稼不需要太多的雨水，但往往这个月，老天偏偏下雨，父母穿上雨衣开始去棉田排涝。排涝回家后还要修理被雨水淋坏的猪圈、羊圈。修理了两天后，感觉一切都妥妥的了，娘跟爹商量："这两天地里没多少活了，是不是该去城里看看上大学的女儿了？"

爹说家里没多少钱了，等秋后收了棉花卖了钱再去。这几天地里太湿不能进地，算来算去自己有七八天的时间闲着，爹说他会疏通下水道，要去县城打几天小工挣点钱，补贴补贴家用。娘同意了。

爹去了一家刚丧丈夫的人家疏通下水道。女主人就一个儿子，但在国外读书，为了让儿子安心读书，不过多地牵挂自己，就骗儿子说自己找了一个老伴，可是儿子非要看看继父的照片。女主人把事情的前因后果和爹说了一遍，并答应爹拍了照就多给 100元，爹很愉快地和女主人合照了一张。爹挣了几百块钱回了家，母亲很高兴，夸爹能干。几天后女主人找家来了，说是儿子回来了要看看继父，再让爹给装一次，娘不知实情，认为爹在县城里找了个相好的，没发过脾气的娘二话没说就把那女主人打了个鼻青脸肿，跺着脚怒骂爹是个没良心的负心汉，要跟爹离婚。待娘冷静下来，那女主人捂着脸把事情说清了，娘就又很惭愧地帮那女主人疗伤消肿了，而后给爹拿出过年才舍得穿的新衣服，叫他去急人之难。

八月

八月，秋天在一轮明月中轮回，红枣落地，五谷进门。到过团圆节的时候了，爹娘不忘把姥姥接过来。

姥姥是个普通的女人，脾气很好，给我的印象也很深，她从来都不祈求什么。我记得，天气热的时候，她经常在院子里的老槐树下坐着一蒲团做针线活纳凉，每到这时我就跑过去让姥姥给我梳两条豆角辫，而邻居家的铁蛋也总是跑过来让姥姥缝他自己因骑狗而扯破的裤裆。姥姥则会欣然应允，时不时地抬头望望天空哼哼民歌，多少沉重的心事都被云彩化在空中。

爹娘祭拜完了天地祖宗，开始谈笑风生，对月当歌，爹唱京剧，娘唱《小二黑结婚》。

爹娘的喜悦总是与金秋八月连在一起，他们望着中秋圆月心里踏实。

九月

　　九月，是爹娘大量地拾棉花接近尾声的时候，九月中午的太阳依然毒辣得很，晒得爹娘的脸通红，摸一摸有些疼痛，尽管天热，还要在腰间系一兜子。拾一大兜子棉花时，胸前犹如盖了一床棉被，那热出的汗和暖哄哄的棉花碰到一块真如火上浇油般煎熬。

　　手有时被棉壳扎破，手里的棉朵就被染成红的，汗水流到伤口上，火辣辣的痛；有时鲜血刚刚止住，又被棉壳扎一道新伤口。看着被扎得面目全非的手，他们痛并快乐着。

　　爹娘卖了一车又一车的棉花，还把吃不了的红枣、花生等一些农作物也卖了钱。卖钱回来的晚上，爹喝了二两酒，哼着京剧，把所有的钱都拿出来，让娘猜猜一年的收入共多少钱，娘猜了三遍也没猜对，爹嘿嘿地笑着说再猜不对就不给了。娘听了这话又是拧爹的耳朵又是挠爹的痒，挠得爹举手投降，最后爹趁娘不注意的时候故意把钱散了一炕。爹看着满炕的大钱小钱嘿嘿地笑着说数清了，就归娘。娘趴在床上横七竖八地数着，刚要数清，爹又撒几个硬币，惹得娘数了半宿，也没数清。最后爹把钱收起来再按不同面值沓起来，用钱打着娘的屁股说："傻，没数过钱是吧，不知道沓起来数？"

娘说："钱一多俺就不知咋办了，你知道咋不早告诉俺。"

其实，爹就是想延长娘数钱的快乐。大概娘也乐意这样数，看着一大炕钱心里踏实。

十月

十月，是庙会之月，也是最热闹的时候。爹娘有了点钱，也有了闲时间，赶庙会是不可少的事。一年到头，庄稼人就盼着这个热闹的十月会。爹娘盼赶会就像国家盼举办奥运会一样热切。

他们走进庙会，只听，"来吧，来吧，快买票，快买票，歌舞团在这里为你将爱进行到底。演出马上就要开始，我们在台上将为你热情表演，观众朋友们，千万不要错过这千载难逢的好机会。"

爹娘听见声音加快了脚步。只见，几个染着黄头发的美男靓女站在高高的外台上，疯狂地扭动着。对于这种画面，爹娘是接受不了的。

爹对娘说："跟前几年差不多。"

娘说："一样倒一样，但年轻人少了，前几年几个年轻人把你头上的帽子都挤掉了。"

爹说："今年咱去看对面的马戏团吧。"

他们来到马戏团的高台下，只见几个女人披着红红绿绿的斗篷，里面穿着绸缎衣裤，俨然侠女骑士。她们向观众宣传着。喊了一阵后，买票的人还是寥寥无几。她们把音量放到最大，说震耳欲聋有点夸张，总之这声音大得使爹娘有点头晕目眩，耳朵里满是："我们'走天涯'马戏团曾在全国各地演出，曾多次获奖。"

节目开始，只见一个十七八岁的大女孩，领着一个只有 5 岁的小女孩，各自身披一件大红斗篷，在音乐声中缓缓登台。她们面带笑容，深深地向台下的观众鞠了一躬，然后，撑开斗篷向观众亮相。

她们在一片喝彩声中登上了飞人云梯，一大一小两个女孩相互拥抱着在空中旋转了几圈，然后把斗篷解掉，飘向舞台。

最后是高难度动作。大女孩将一软绳套在自己和小女孩的脖颈上，她们各自两腿劈开成 180 度后，大女孩的脚勾在飞杆上，小女孩劈着双腿在空中悬着，她们的双臂都有力地伸成雄鹰展翅状，保持着这种姿态在空中旋转起来。

十一月

十一月，爹娘忙完了地里的庄稼活，柴火也拔回了家，一切打扫得地净场光，这时候他们便开始盘算农活以外的事。娘想闺女是农活以外的首要大事，地里的活爹说了算，生活上的事娘说了算，盘算来盘算去还是依了娘，他们决定这个月要到大城市的大学里来看看我。

我是一名钢琴艺术生，这个月我有一个看郎朗钢琴音乐会的计划，这是我一直梦寐以求的事。

爹娘坐在了通往大城市的客车上，半喜半忧地谈论着关于我的话题。娘说："咱呢儿上艺术大学咋比人家上别的大学花的钱多呢？"

爹说："艺术上的事多呗。"

娘说："也是，光说穿戴也比人家花得多，还有搓脸油、化妆品。"

爹说："那是小事，学费是大事。"

娘说："再苦一年吧，反正明年就毕业了。"

爹说："是不是学艺术的孩子都是有钱人家的，你看咱去年来看闺女的时候，人家孩子的家长都是开车来的。"

娘说："可不，人家那孩子都长得水灵灵的，像过去地主家的小姐，看咱三妮子的小黄脸，为省几个生活费，连个鸡蛋都舍不得吃。"

爹说："当初不该让孩子学艺术，这东西不是咱老百姓的孩子学的。"

娘说："可不，你看这些怪好的闺女都抹得跟妖精似的，还有人把眼睛抹成了绿的，嘴唇抹成黑的。"

爹娘背来一些红枣和花生来到我们宿舍，乐呵呵地分给我的室友们吃。有几个很时尚的女同学，爹娘都没敢正眼看。

室友们说着明天晚上看音乐会的事，800块钱一张票，没有一个人嫌贵。我没有言语。

爹娘听了面面相觑。

第二天我领着爹娘逛了逛地摊，娘花了5元买了一条花围巾，爹花了2元买了一个红烟嘴。

我想领爹娘逛逛大超市，爹娘说什么也不去，大概他们知道那里的东西贵，我说："咱不买，光看看，去开开眼界。"爹娘总算跟着我去了，一进超市的门，地面太光，太滑，爹娘相继摔了一跤，爹摔得岔了气，娘摔得崴了脚。爹娘的脚在土地上走了50多年，不习惯走这种地面。

搭车回到学校后，爹娘几乎异口同声地说着明天要走的事。爹娘临走给我留下800块钱，说是叫我看场音乐会。

十二月

十二月，也就是庄户人家的腊月，这个月是最喜庆的月，最团圆的月，这个月里有中华民族最隆重的年。

中国新年，把欢乐洒进了中国的每一寸土地，走进了每一个中国人的心灵。

欢乐无处不在，它会从春联的标语里走来，从喜庆的锣鼓中走来，从中国人的忙年中走来，从年集的货摊上走来，从各条战线的捷报中走来……最终都走向新年的饭桌。新年里爹娘没有愁容，腊月二十九，我带着男朋友从大城市回到家。虽说大城市的生活便捷，但年的淳朴自然、绿色纯真、乡风民俗这些原始质感的东西，只有老家才有。

爹娘见了我们像打了鸡血，劲头十足，厨房里，爹娘的锅碗瓢盆，被爹娘敲成了过年的锣鼓声，蒸、炸、炖、炒轮换使用。爹娘见我们都忙着玩手机，不好意思派我们帮灶！

一辈子省吃俭用的爹娘，好像只有这一天，惊人的大方，一切像不花钱一样。

大年三十早上，爹总是忘不了把已故老祖宗的亡灵请到家。娘在灵案前摆上最美味的供品，插上几炷香，磕上几个头，来表示一年三百六十五个日日夜夜对已故亲人的怀念。

其实这也是让已故的亲人看看后辈们的好日子，让他们对后生们放心，无牵无挂地在另一世界好好的安息。代代相传，生生不息延续着历史的发展。对于中华民族来说，之所以在腊月里过个年，打一个具有中国特色的吉祥如意的大红中国结，是因为年是中国人的心结心愿。

一月

一月，爹娘拎着平时舍不得吃的东西走亲串友，之后，等着正月里最热闹的元宵节，还有元宵节这天最大的民间活动——敲架鼓。热闹的场面是所有人的狂欢节，万名百姓走上街头为架鼓队摇旗呐喊，恬静的阳光飞溅出一朵朵太阳花，和爹娘的笑脸比美。

爹娘拉着姥姥来到街头，姥姥说盼一年就盼这热热闹闹的敲架鼓，锣鼓喧天的鼓声敲开了百年的闭塞，前进的脚步容不得羁绊，爹娘与敲鼓人的热情融为一体，全身洋溢着青春与豪迈。

爹娘拉着姥姥看完了架鼓，在街上温暖的饭店里吃了顿团团圆圆的汤圆，晚上拉着姥姥继续看五彩缤纷的烟火花灯。几百枚烟花竞相开放，人们昂首观望花的天空，夜的苍穹如春天的百花园，人们仰天长笑，花如笑脸，脸如花。

地上的火树银花，与空中的花海遥相呼应。天上地下到处是流光溢彩，绽放着人们心中美好的生活。回家的路上，爹娘拉着姥姥沐浴在形态各样的彩灯里，笑脸在灯光的映照下更加灿烂，姥姥说这就是人间天堂。

如果说"年"是对生命物质的一次盘点，那么，元宵节就是对精神生活的一次放飞。这是新年第一个月圆夜。人们一边欣赏街灯，一边畅想未来，花灯伴着万家灯火点燃着人们甜甜的梦。年年岁岁改变了爹娘的容颜，但改变不了爹娘对春天的心愿。

　　第二天，也就是正月十六，爹娘开始走向田地踏青，因为他们相信踏踏青不生病，踏踏青好收成。踏青时他们偶尔看到一些拿玫瑰花的人，他们不知道这是什么花，也不知道这个一月里还有一个叫情人节的日子。他们只是暗地里埋怨这些花在这个时冷时热的季节开得太早，会遭寒的。理由是树上的绿叶还没冒出来，就先开花，这与天地不和谐，爹娘怀疑地看着这些花，固执地沿着熟悉的小径走向希望的田野。

三尺讲台，我的神州大地

　　退休的日子在不经意间到了，讲台上说了30多年的话感觉还没说完，还要说点什么，这种好为人师的职业病怕是难改了。前天我捧着30年教师荣誉证书回家，晚上夜深人静的时候，我端坐桌旁，凝视着这张证书，目光来回地擦拭着它，犹如我的脚步在讲台上踱来踱去。

　　看看日历已近中秋，窗外的秋雨淅淅沥沥地下个不停，讲台上的一幕幕又在眼前晃动起来。我起身打开窗子，有意识地仔细嗅了嗅雨的味道——有点土腥味。我想，腥味是很易理解的，每一捧土里要有不少腐烂的生灵尸体，每寸土地里都掩埋着先人的尸骨，流淌着烈士的鲜血，这大概就是泥土如此腥味的原因，零落成泥碾作尘，唯有"腥"如故。逝者的腥味在雨天散发着，雨过天晴，阳光继续照耀着后辈们灿烂的笑脸，这就是人类的生生不息吧。

退休前的最后一个圆月浮现在我眼前，清楚地记得那天晚上是我的晚自习，那晚我着实地欣赏了一番校园里的满月。是星期三，是我的晚自习课。

自习课上，学生大都自己温习功课或做作业，学生遇到迷惑方才问老师，大部分时间老师还是清闲的，我透过窗子欣赏起月光。

我是最喜欢月亮最经不起月亮诱惑的，从小就这个毛病，母亲常说我小时侯最爱玩水盆里的月亮，尤其天热在外面乘凉的时候，母亲放一盆子水让月亮照进来，这时候我总是伸着小手去捞盆里的月亮，翻来覆去一晚上也捞不到，最后总是把自己气哭。

上了小学，学了"小猴子捞月亮"一课，我总认为猴子之所以捞不到月亮是因为猴子太少，如果再多接上一些猴子可能就会捞到月亮。长大了，每次沐浴月光的时候，总觉得轻柔的月亮如亲亲爱人的手，轻掀我的长发，就这样陶醉在月色中不能自拔，幸亏月有阴晴圆缺，否则我每晚要望月无眠了。

我多么想在退休前以望月的心情给学生们上堂有声有色、感情充沛的课。可是那样违背教学常规，学校严格规定要按教材教案上课，不能信口开河。

我教语文多年，我多么想给学生讲讲匆匆而过的人生，激发学生们励志趁少年，以及岁月里要有颗感恩的心，可是每节课时间有限，容不得多说。俗话说：身正为范，学高为师。最近新课程改革，今后的语文就是大语文，大语文乃大情、大爱。大语文在我们的生活中无处不在。是啊，我兴奋了好几天，还写了一篇论文——《语文，乃民族的魂》。我在字里行间展现着大语文就是人间正道，就是民族的魂。语文教师不但开启同学们的心智，更重要的是涵养学生的心得，感化学生的心灵，使他们走向社会后能真正的胸怀天下，心忧乾坤。如果有朝一日做了地方官，也会为官一任，造福一方，在人生的大抉择中，尤其是生死关头，他们会毅然决然地走向"舍生取义"之路，这就是我们民族的魂！

白居易说过，感人心者，莫先乎情。是的，当我们读到"可怜身上衣正单，心忧炭贱愿天寒"时，谁不为白居易那伟大的人道主义情感、忧国忧民的情怀所感动！试想如果每个语文老师，用这个民族的魂来滋养孩子们的心灵，我们的民族怎会没有栋梁，没有伟人，没有大师！文以载道，文化教育决定着整个民族的价值取向，决定着一个国家的无形财富。

我认为语文老师的人文涵养，在语文教学中是非常重要的。成功的语文教育，最终依赖于执教者丰富内在的人文涵养，只有这样才能真正地深入学生的心灵深处，才能把语文课教得出神入化。假如没有这些东西做根基，所谓的字、词、句、段、板书、电教，都是一些花拳绣腿。

我认为语文的考卷最好少来点剖析性的东西。如今中学生的练习卷、考卷，从字到句、从句到段、从段到文，层层分解化验，同学们做卷的技巧犹如庖丁解牛。

如今的商业大潮使许多人的心灵变得浮躁不安，网络文化的冲击也相当严重，由此我想起了昔日我在乡村教书情景。那时候，没有过多的多媒体手段，只有收音机、录音机，我就让孩子们重复地听大量的知识。我发现孩子们的记忆惊人，一篇课文，听5至10遍就有印象，听20至30遍就很熟悉甚至背过，大概听100遍就能终生不忘，就像有些广告，孩子们听多了，不想记住也记住了。

记得古人对13岁以前的孩子这样教诲过：13岁前之孩童，物语微染，烦恼潜伏，知识略萌，性德仍净，记忆犹强，悟性微弱，童蒙培养正见，三宜此时。

听，决定你的想象力。我建议老师上课不要用过多的视频，要让孩子们多听。在家里，我建议父母在不经意间，打开收音机和孩子一起听，听圣贤哲人的智慧，听孩子所学的文化课。记得著名的教育家蒙台梭利做过这样的实验：把100个孩子分成两组，50个孩子看视频《白雪公主》，50个孩子听老师讲《白雪公主》，完事后老师让两个组的孩子画白雪公主，结果发现，看视频的孩子画的白雪公主基本上都一样，而听白雪公主的孩子则完全不同，他们笔下的白雪公主，千姿百态，很有创意！孩子们从听中展开了很丰富的想象力，对其滋生了很深厚的感情。

说起情感，我想起了我从乡村调入县城的情景，我走的时候，学生们团团围着我，拽着我的自行车不让我走。我好不容易劝他们松开手，孩子们又不约而同地手拉手把我围在了当中，那样子好像在保护着我免遭禽兽攻击似的。上课铃响了，孩子们也不进教室，最后校长强制性地解了围。班长把早已准备好的日记本从腰间拿出来，哭着递给我就跑远了。

30多年来，我的教育笔记以及学生给予我的物件我都保存无缺。来县城时孩子们给我的一个日记本，里面夹着一封信，信里有一首诗，诗的题目是《想念老师的长发》。

老师啊

你的长发又长了吗

定是随着加厚的教案长了吧

还是随着三尺讲台的步履在增加

你的长发常常飘进我们的梦

像流水一样温柔，像白云一样潇洒

在县城做教师的日子，我依旧忘不掉这些乡村的孩子，忘不掉我给他们讲过的诗歌，致使孩子们的诗歌美得像天堂里的云朵。

后来我又路过乡村学校时，情不自禁地走了进去。我和传达室的李大爷一时还很尴尬。他问我有什么事，我说没什么事，就想进去看看。我走近教学楼一角的一棵大蓉花树下，抬头仰望，那个粗壮的树枝上依然挂着那口大钟。大树、钟，见证着学校的历史，虽然现在已改用电子钟多年，不过偶尔停电的时候还用它来打铃上课。

不知为什么我竟然不知不觉地拉响了钟，钟响得很空旷，声音传得很远，惊动了看门的李大爷，他马上喊过话来："有事吗？"顿时我对自己的这一举动感觉不好意思，我开始移动脚步，也好移动李大爷的视线，不知不觉已走到了曾经自己的班级所在的地方，平房早已变成了高楼，我隔着玻璃窗向教室望去，感觉一张张熟悉的面孔顿时又浮现在我眼前，他们在向我喊："起立，老师好。"

人狗情未了

　　我收养了条狗，是黄色的小泰迪。它是自己跑我家来的，开始我拒绝接受它，把它赶走了，第二天它又来了，赶它的时候，它竟然眼睛水汪汪地看着我，我心软了，决定收养了它。它年龄大约三个月左右，是条公狗，看起来不太健康，像是被遗弃的。

　　为了给它一个温暖的家，我给它洗澡、剪毛、买狗窝，把它安顿在我书房的一角。我给它起名叫蛋蛋，长大点就戏称它为二蛋，时间长了，人们都说这两个名字喊出来不好听，于是我就在狗狗一岁多的时候又给它起了一个好听又吉祥的名字——盼盼，有时候我会亲切地喊它好盼盼、好儿子、好孩子。

　　它的肠胃极其虚弱，一开始总不喜欢吃东西，为了让它的胃口好些，我就抱着它去宠物医院拿药调理，也买了些营养丰富的狗粮，细心喂养，慢慢地，有了成效，而且我还发现，它开始偏向我们的饮食习惯，每到我们吃饭的时间，盼盼就走过来和我们一起用餐，一天三次，我们吃什么就喂它什么。但随着盼盼的成长，它学会挑食了，特别爱吃鸡蛋、火腿、肉和狗粮，并且吃完饭总是昂起头等着我给它擦嘴。偶尔一次不被擦，它就自己用嘴蹭沙发上的铺垫。

我越来越喜欢盼盼的主要原因是我觉得盼盼有灵气，调皮机灵，善于察言观色。我情绪好的时候，它就活蹦乱跳；情绪不好的时候，它就用忧伤的眼神望着我。在我的眼里，盼盼简直就是个懂事的小学生，我就常常握着它的前腿看着它的眼睛，告诉它一些道理：吃食时不要太快，那样会伤胃；天热了不要奔跑，那样更热；不要吃别人扔掉的食物，不卫生是小事，关键是要命的；不要追赶小孩子，因为并不是所有的小孩都喜欢狗。我教育它的这些事，它会通过我的眼神，或肢体动作去理解，然后去遵守。

值得一提的是，盼盼经常跟我去饭店吃饭，服务员也热心地给它加个座位。盼盼在饭桌旁从不扒饭，给它夹到小碟里它才吃，不给夹它就坐着等着，在座的人都夸它懂事。

我在家里的时候，盼盼总是挨着我趴着或坐着；上班的时候，它也总是喜欢跟着我上班，一看我换衣服，或一拿包或听见钥匙响就在我面前摇尾乞怜，蹦跳着讨好我。每当这时我就不忍心了，总会鬼使神差地高高兴兴地领着盼盼下楼，然后打开车门，让它蹦上车。盼盼都是在车里等着我下班，一等就是半天。它在车里从不拉尿。盼盼是个好动的狗狗，在车里常常是来回跳动，从后座跳到副驾驶座上，来回反复。有时候它会用爪子拍打着窗子，意思是要求我把车窗打开，然后它可以透透风，这是它最得意的时候！

每天下午下了班，我就在路过的公园里遛它。我遛狗，从来都是拴上链子，牵着溜达，寸步不离，生怕跑丢。如果有红绿灯或遇到大狗我就立刻把盼盼抱到怀里，生怕它受到任何伤害。盼盼总是走在我前面，时不时回头看看我，大概是看看我有没有什么新指令，若没有就继续往前跑。若是它看见了其他狗狗，那可就什么也不听了，拼命地拽着我追。

老公也喜欢遛盼盼，盼盼也非常听老公的话。我们一家三口快乐的时光就是一起在森林里或在田野里遛盼盼，在这里可以无忧无虑地给盼盼解掉链子让它像马儿奔驰在草原一样狂奔，但它却总跑不远，总是围着我们活动，不出我们的视线范围。

美好的日子总是那么短暂。我买了一个新房，准备搬新家居住，全体亲朋好友建议，不能再带着盼盼住新家了，在新家里它不熟悉环境又得随地大小便，就是不随地大小便狗狗的气味也会影响屋里的味道。所以大家都建议我把它送人，经过思量，我终于下定决心。晚上，我辗转反侧，开始发朋友圈考虑给盼盼找个好人家。

第二天一大早，来了一对多年没孩子的夫妻来领养盼盼，我不情愿地给盼盼收拾着它的穿戴、洗刷用品，以及爱吃的零食。领养盼盼的夫妇拎狗窝时，盼盼似乎发觉到了什么，开始冲着他们拼命地叫。在盼盼的叫声中，在我的泪水中，那对夫妇像抓壮丁一样把盼盼领走了。

　　第二天早上我一开门，盼盼猛地扑到了我的怀里，呜呜地叫起来，然后头埋在我怀里久久地、久久地不肯离去，我抱起盼盼泣不成声，正在这时电话响了，是领养盼盼的新主人打来的，说盼盼昨天不吃不喝，一大早就不见了，是不是跑我这里来了。我坚定地回复新主人："是的，盼盼跑回来了，以后我不再寄养他人了。"

　　盼盼又一次回到家，又是蹦又是跳！这里走走，那里闻闻，我给它准备好食物，喂它的时候，它摇着尾巴，吃了那么多！我想，我永远不会再抛弃它了！可是，一场意外打破了这来之不易的幸福。

　　一天早晨，老公忘了给盼盼拴绳就领了出去，突然一辆车急速地相向而来，盼盼出车祸了。

　　地点：舜泉名邸小区门前。

　　时间：2015.8.1 早6：30。

　　肇事车辆：一辆无牌照拖拉机。

死后遗容：嘴里淌着血，伸着舌头，一双大大的眼睛睁着。

享年：一岁零七个月，体重7斤。

我可爱的盼盼就这样离开了我。

自此以后，只要我见到狗，心里就产生疼惜的感觉。

记得那是快进入新年的日子，窗外正飘着大雪，天寒地冻，又加西北风呼呼地刮着，室外冷得很，我想起了前些天见过的一条狗，一条凝视过我眼神的狗。

那是在汽车大修厂看厂子的一条狗，腊月的时令很冷，俗话说：腊七腊八冻死叫花。我路过汽车大修厂，看见笼子里有一条大狗，狗在没有遮风避雨的铁丝笼子里瑟瑟发抖，见一老人过来，我忙问为什么不给狗弄一些遮风避雨的东西，老人说这狗病了，主人不打算要了。我说这样狗会被冻死的，老人听了这话转身在厂的各个角落寻觅废弃的可以遮风避雨的东西。我也在狗窝附近拔了一些枯萎的野草放到狗笼子里，总觉得心安了一些。

狗狗伸出了爪子，想拥抱我，还深情地望着我，当我和它四目相对时，它竟然哀嚎着，像是在低沉地哭泣。

我深情地望着狗狗的眼神，狗狗哀嚎着用力站起来，扒着笼子。我无奈地叹了一口气，此时我想起一条叫八公的狗，它十年如一日，无论严寒酷暑，还是刮风下雨，守望在和主人分手的地方，直到生命的终结。

还想起一条叫老黑的土狗，主人归西后，它跑到坟上，挠破前爪，深挖坟墓，年复一年守护着主人坟墓，直到年老终去。

最感动人的是一条叫赛虎的义犬，舍命护救 30 多条人命，主人为此含泪书写了墓志铭："赛虎，三岁余，雌性狼狗，育有十三子。2003 年 11 月 28 日，林业汽修厂晚餐炖一大锅肉，赛虎一反常态，对锅狂吠。众人遂掷肉于地，赛虎不食，依旧哀嚎不已。众人不解，准备进餐。赛虎回望主人，悲鸣数声，吞下地上之肉，随即七窍流血中毒身亡。此刻，人们终于明白，义犬赛虎以死警示肉中有毒，挽救了三十余人性命。今葬贺家山，立碑铭志以警世人！"它警世给人类的除了大义舍己，还有对主人的忠诚，对人类的爱！

人类啊，还有什么理由虐待他们，甚至吃它们的肉啊！

我曾在超市门口，见过一条弃狗，狗狗不知道主人不要它了，仍然坚持在超市门口一侧蹲着等待主人，望尽千人皆不是，抱定初心不离弃，只见谁牵它都牵不走。狗的一生并不长，寿命只有 10 多岁，它倾尽一生来陪伴我们，不会用语言表达，只有默默地陪伴等待，有时人做不到的一幕一幕，狗却能做到。

在岁月里寻找母亲

至今清楚地记得母亲送我上学的第一天，那天，我哭着要求母亲不要送我去上学，我要天天待在家和母亲在一起。母亲听了拉起我的小手，没有打我，也没骂我，而是微笑着哄我说学校那地方是小孩最好玩的地方。

到了学校，老师很礼貌地从母亲手里领过我，把我安排到一个土台子旁。母亲走过去，有意识地把我向座位上摁了一下，我迅速地从小凳子上弹起来，母亲转身要走时，我扑到母亲怀里大哭并要跟着母亲回家，老师忙哄劝，我哭得更凶。母亲转身回来狠狠地打了我一巴掌，再也没回头。

上中学的时候，父亲先母亲病逝了，母亲成了寡妇。身为寡妇的母亲，又当爹又当娘，还要经受风言风语的袭击。这样的日子母亲没掉过一滴眼泪，她一个人拉扯我们七八个孩子，我是最小的一个。

母亲每生完一个孩子不出满月，就把孩子装在沙土袋里放在土炕上固定着，然后一天不少地下地干活。完工之余，再起早贪黑去拾柴割草，碾米推磨。我们吃的每一顿饭都是母亲抱着木棍一圈圈滚动石磨碾来的地瓜干面做成的。夜晚，她再在豆粒大的油灯下穿针走线，缝裤补袄。

父亲去世的年月里，每当我半夜醒来，总会听见纺线车的"嗡嗡"声，这种声音自我懂事起一直萦绕到现在。母亲的眼熬坏了，直到现在一直不好，经常不自觉地流泪。我们身上的每件衣服都是母亲一丝丝纺出棉花，一梭梭织成布，再一针一线缝制而成的。我们穿的每一件衣裳都来自这些细节，不可缺少的21道工序。正如母亲织布的时候哼唱的《织布》民歌：

娘花种，水里拌，种到地里锄七遍，掰娘杈，打娘心，结得桃子一串串，开得娘花白泛泛，老婆拾，老头担，日落西山也担不完，轧车轧，响弓弹，再搓布剂长姗姗，纺了穗子溜溜圆。倒车倒，旋风旋，拐子拐，越子缠，牵机就像顺风跑，镶机就像倒拉船，戳上杼，揆上缯，拿个板子垫上腔。稀哩哩，哗啦啦，一天织了一丈八。染坊染，棒槌打，剪子铰，钢针穿，做上衣服新年穿，乐得二妮蹦又窜。

每唱到最后一句的时候，她的脚在织布机下一改踏来踏去的节奏，突然使劲踏一下。这一下，像极了弹钢琴的某些动作。梭在母亲的手中穿来穿去，如两条不知疲倦的鱼。梭是竹子做的，已磨得很亮。

　　老粗布的岁月已去了，母亲的眼睛也已昏花了，前年已做了白内障手术，但效果不太好。母亲用的那台织布机虽然已不再用，但它永远存在我的脑海里。织布时母亲无师自通地会根据自己心跳的速度以及纺线的节奏，唱出自己想要表达的心情，有一首歌，我至今记忆犹新，是她自编自唱的：

　　　　八月十五望天空

　　　　亲娘哎，俺包了一锅饺子好高兴

　　　　娃们馋得嗷嗷叫

　　　　孩子孩子再等等

　　　　明天和姥姥一起用

　　母亲这不成调的哼唱植根于我幼小的心灵，常常给我的人生许多启发。长大后走夜路时，为了给自己壮胆，我就学着母亲编唱：

做个好汉子

不怕魔鬼狂

时刻要自强

对起爹和娘

哼哈

后来我考上了大学，再后来成家立业远离了家乡，不知不觉亲近母亲的时间越来越少了，少到只有过年时才回家感受一下母亲了。最近几年越来越忙，常常忙到大年二十九，但无论多晚，母亲总会提前在胡同里外来回徘徊，徘徊几趟不见我的影子后，就跑到村东头，手搭凉棚望穿双眼凝视着我回家的路。多少次她错把他人当儿郎，这种盼儿的心情比远嫁的姐姐要重。

见了回家的儿孙，母亲像打了鸡血，劲头十足，但饭桌上的母亲，吃饭是吃不顺心的，一旁的妻子拼命地向母亲诉着苦，说是要换房，还说孩子要留学，母亲听完条件反射似的摸了摸衣兜，我知道娘的每一分钱都是牙缝里挤出来的。

儿子突然说喜欢吃奶奶炖的羊肉。妻也说在大城市里难得吃顿纯天然的羊肉，过年就是稀罕吃一顿纯天然的东西。母亲答应在大年三十中午要给我们做一顿纯天然绿色无公害的饭菜！

大年三十一大早，我和儿子去坟地请了祖先和过世的亲人的亡灵。母亲在神位前摆上最美味的供品，插上香，虔诚地跪下来与他们心灵对话，说一些一年来家乡的变化以及过往的喜怒哀乐。说完后，母亲强迫我和儿子跪在祖先的亡灵前，表一表自己追求美好生活的决心。

做完这些，母亲才出去。关于吃顿天然无公害的年饭这个事，母亲经过一夜的琢磨想到了谁家有羊可卖。母亲到后才知，卖家把大羊已卖了，只剩下两个小羊羔，刚会吃食，说什么也舍不得卖，母亲把好话说尽，又多给了一些钱，总算把一只小羊羔牵回了家。回来路过二寡妇家，知道人家喂着几只下蛋的鸡，母亲又好话说尽，并多给了人家些钱买了一只正在下蛋的母鸡。

母亲一手牵着羊，一手抱着鸡就回来了。见状，我心酸不已，这一幕让我想起了小时候过年的情景。那时候，没到过年母亲就四处借东西过年，她的满头白发被寒风吹得凌乱不堪。可现在，过上了好日子，母亲还是四处求食，我一时心里酸酸的！

母亲一进门乐呵呵地说："这羊、鸡都是家养的，纯天然的，来，宰了吧！你们谁敢宰？"儿子看见可爱的小羊、鸡，跑上前爱不释手地抱到怀里，大有谁敢动，就和谁拼命之势！母亲在一旁笑着说："孙子哎，你们不是想吃纯天然的羊肉吗？"儿子说："以前只知道吃肉，没和这些小动物玩过，现在我觉得它们太可爱了，不能宰他们。奶奶，你一定要好好地喂养着，我以后每年要多回来几趟看它们。"妻子看着儿子的坚持，也改变了吃肉的主意，说："中午吃清炸藕合、炒花生豆、煮红枣、炖大白菜也挺好的。"

过了年，我们要回城了，灶台上剩下的是残汤剩饭，我猜想母亲肯定把这些作为她一星期的干粮。这天我泪流满面，深深地感慨相聚时难别亦难。多少人注定为了事业生计，挥别双亲，异乡奔波。不舍和难过都融进心里，眼巴巴地望着亲人，无可奈何花落去。

娘说："注意身体，到了家想着来个电话。"然后只见她偷偷地在抹着眼泪，生怕被我看见，低头假装整理衣角。娘的这一低头，我的泪"哗"一下流了下来，她的背影在我心里简直成了一枚催泪弹。

想想回家的路是那么轻快，归心似箭，如身上插着翅膀。离家的时候，路却那么难走，恋恋不舍，如脚上拴着定海神针。归去的行囊被母亲塞得鼓鼓的，全是家乡的土特产，是我们的最爱，是异地买不到的东西，再想想自己带回家的东西，远远没有父母塞给得多。车的后备厢里满满的都是母亲的爱！日月改变了我们的容颜，但改变不了母亲对我们的期盼。

如今的母亲自从摔了一脚后感觉明显老了，卧床了几年，感觉就更老了，不但眼睛昏花，牙齿松动，而且步履蹒跚多了，母亲再也做不了年饭了。这次母亲摔跤，我破例回家了，医生说是脑血栓所致，怕是今后走路更不灵便了，我陪母亲输完了液，扶她下了炕，母亲执意来到院里看看，她环视着院里的树，手搭凉棚寻找了一个适合做拐杖的树枝。

我拿出小时候爬树的架势使劲向上爬。时而，我回头看看母亲，母亲说："你小时候爬树是多么娴熟，在同龄的伙伴中谁也比不上你。可现在啊，上了年纪了，你身体肥胖了！"

当我把树枝做成拐杖递给母亲的时候，母亲不是先拄着它，而是像抱婴儿一样抱了一会儿，才放下拄着。这一幕，让我的泪水一下子流了出来！我感觉这个拐杖太土，我说给母亲再买个稳定性好的拐杖，母亲执意说自己做的实在、结实，抓到手里，心里踏实。

我明白母亲的心情，她是睹物思人，儿女不能时时陪伴身边，握着孩子做的拐杖心里也踏实！

我又要回城了，母亲拄着拐杖，一点一点地挪动着身子送出了我们家的胡同口来到大道上。记得我结婚那天去接新娘的时候，母亲也是这样站在我身后默默地目送着我。离别，是一种割舍，当一个不可分割的感情体将要分开的时候，这种感情的相互依恋就非常强烈，人生的无奈就是与不离不弃的心愿相矛盾。

回城和妻子商量母亲今后的赡养问题，妻子坚持要把母亲送去养老院。我再三考虑，最后强迫说服自己，反正养老院又不是老人受罪的地方，送就送吧！

一个歇班的日子，我又回到家，见到母亲，我沉默了许久才有勇气和母亲说去养老院的事，我慢声轻语地和母亲说："您自理能力差了，而我又很忙，哥嫂整天下地也很忙，听说镇上的养老院很好，有吃有住，还有人服侍照料，比家里还方便。要不我送您去那吧。"母亲听后什么也没说，只是拄着拐杖蹒跚着脚步进了里屋，收拾起自己所有的生活用品。

第二天，我领着母亲去了镇上的养老院。在我看来，钱用得越多，我的心越踏实。我瞒着妻子给母亲定了豪华住间。当我领着母亲来到大厅时，崭新的大电视机的荧幕上正播放着一部老人剧，只见几个衣着一样、发型一样的老人正歪歪斜斜地坐在沙发上看着电视机。

我安慰着母亲说："这是老人们最好玩的地方，我……我走了！"

母亲点了点头，向前走了几步，她的腿在打战，努力地走近我，从衣兜里掏出一沓钱，抓住我的手说，她在这儿用不着花钱，留给孙子念书用，我抓过母亲的手，担心她的钱她自己装着不安全，就接过来放进了自己兜里。母亲转过身，我看着母亲的背影，顿时泪流满面，然后狠狠地打了自己一巴掌。

回到城里，妻子把我珍藏的《我与母亲》作文比赛的奖杯整理出来，以及一张母亲抱着我的照片，还有我给母亲买好了而忘记带给母亲的寒腿贴，妻子的意思是让我把这些拿走，统统都放到养老院去！

我带着妻子整理出的这些东西，还有给母亲买的稳定性强的拐杖，连夜又去了养老院。推开母亲卧室门，见母亲正抚摸着腿在床上呻吟，母亲见我拿来了药高兴得像我小时候见了糖块一样，我又拿出奖杯和照片放到母亲的床头，安慰母亲说用它们陪母亲。母亲坚持不要新买的拐杖和奖杯，她只要了照片。

寻一处静安喝杯茶

累了的时候总想逃离繁华市区，寻一处静安喝杯茶。为这，我的脑海里开始浮现美景，夕阳西下的湖边亭榭，冬雪纷至的炊烟小屋，春暖花开的桃花林源，这些虚构的美景轻拍着我的疲惫，幻觉出一杯茶，开始乘物游心。

喝茶，不是热闹的酒场宴会。它需要禅意，燃一炷心香，熏一下身上的燥气，拿出自己最喜欢的茶具，茶杯上刻有蒙眬荷花的那款儿，茶叶要用上好的雪莲红。但愿时光静安，坐下来什么也不想，只管静静地待着，或闭着眼睛听轻音乐，听节奏舒缓的寄心情于大自然的那种，像《云水禅心》，或《春江花月夜》。

远离红尘市井与天地云水独饮，这对我来说是人生最幸福的时刻。所有的过往都随风远去，红尘恩怨也全然释怀。

此时有个知己最好，但不要三五成群，各喝各的茶，不去高谈阔论，低调是人生最美的姿态，不与天地争荣耀。

如果知己是异性朋友，也不再以爱情的名义栖居对方的心灵，爱情的恩怨太浓，仓央嘉措的诗句也不适宜，情念太深，最好的格局就是疼惜藏心，让所有的爱都化成慈悲。不去想十之八九的人生不如意，只管低头喝茶，去想如意的一二，做到悲而不哀，喜而不狂。学会以江月送流水的情怀去品味道法自然的无为。把自己守成一朵莲的恬静，享受岁月赐福。

意念里每到享受岁月静好的时候，脑海里就会出现贫困交加的难民，以及饥寒交迫的生灵，他们的呻吟袭击着我的心，我仿佛觉得端茶的手伸得很远，被无形的东西拽着，似乎遍及到了世间的各个角落。我放下茶杯抚摸起他们，深情地与他们心灵对话，好好活着，我爱你们。

此时的耳边又想起了负荷前行的人们，他们喘着粗气，背着厚重的行囊，一路颠簸，满脸的劳苦烦愁，伤痕累累。我轻轻地告诉他们，累了就歇歇吧，明天启程也许更好！

想着想着，茶杯里升腾的不再是热气，而是世俗的往来，物欲的明细，取舍的烦恼，我打量着被热气蒸腾上下沉浮的茶叶，想起了潮起潮落的历史更替，枪林弹雨里的江山护卫，舍生取义的英雄。

人啊，生命不只是这五尺之躯，还有心的承载，诗的栖居，更重要的是厚重的责任，仁人志士们那万丈红尘三杯酒的豪放，千秋大业一壶茶的韬略，使我们懂得了生活因什么而美丽，生命因什么而厚重。

是啊，岁月静好的背后，是谁为我们负重，是谁为我们遮风挡雨，我们要虔诚地感恩他们，是他们我将无我，才有了我们的幸福生活；是他们全心全意的奉献，才有了我们美丽的家园。

本想逃离红尘，寻一处静安喝杯茶，红尘在心里挥之不去，一切都是因缘而聚，都承载着天地万物的许多恩惠，恩怨。

走过红尘岁月，看尽人世繁华，最后终于明白极致的人生，就是油盐酱醋茶。人活到简静，不是没有了烦恼，也不是你想象的五蕴皆空，而是所有的爱都化成了慈悲。

这是一片神奇的土地

  我的家乡，是一片神奇的土地，千年的黄河水流过这里，流过鲁西北大平原，来到我的家乡夏津。它素有绿色天然氧吧之称，有着得天独厚的黄河故道森林原始群。谁也不会想到这一片土地是当年黄河水泛滥的时候，留下的 30 多万亩沙土地！

  百年后的今天，黄河古道的夏津儿女，辛勤耕耘，终于把这片沙地打拼出一个美丽的家园，一个响当当的国家四 A 级黄河故道森林公园。

  走进它，就走进了原始森林，走进了天然绿色氧吧。看吧，一片片林木参差不齐，郁郁葱葱，遮天蔽日。一年四季，林果相互交错，形成了一条条飘满果实芳香的天然绿色屏帐。春暖花开，杨柳依依；夏季树密叶繁，互相萱藐；金秋果实飘香，欢声笑语；

冬天的雪，飞玉影宛，如梦幻世界。

我们先去看看原始状态的千亩槐林吧，它形成于清末，面积1000余亩，没有人工雕琢的痕迹。槐林生物园位于夏津黄河故道森林公园 B 区，黄河故道森林公园的槐花节于每年的 5 月份在这里举行。林内刺槐较多，间有黑杨、毛白杨、杜梨、龙柏、松树等，是平原地区少见的针阔混交林。里面栖息着许多鸟类动物，有白玉鸟、喜鹊、白头翁、猫头鹰、啄木鸟、百灵鸟、画眉、杜鹃、八哥、黄雀等，间或也有刺猬、蛇、兔、野鸡等，其中白玉鸟最为名贵，它是夏津的特产鸟。

走进槐林，你会觉得扑面而来的是一股神秘而自然的气息，宁静与浪漫同在。这是旅游和度假的"自然空调区"，堪称"天然氧吧"。尤其在五月槐花盛开的时候，远远望去，那一簇簇雪白的槐花漫卷轻飘，香味弥散在空气中，让人流连忘返。在漫步和赏景的途中，如果运气好可以看到可爱的鸟类，动静结合，原始与现代完美结合。你如果饿了，这里还有槐花特色的美味食品。

近年来，每年都有许多车友成员、摄影家等前来度假，槐林也成了配套设施齐全的房车露营基地。这里不但有木屋营位区、宠物乐园、帐篷露营区、公园餐厅、多功能会议篷房等设施，还有温馨的木屋小别墅、木屋咖啡馆、整齐的菜园……俨然一处世外桃源，在夕阳下，木屋前，坐着摇椅，饮一杯清茶，连自己都成了一道风景，美不胜收。

如果你是完美主义者，黄河故道森林公园里的梨园是你必须到的地方，最撩人的风景当属春分后的千亩梨园。它们最初形于隋末唐初，当时的梨园广阔无垠。面积有 1000 亩之多，每年的清明节前后，梨花盛开，春风微拂，芳香四溢，花瓣随风飘散，犹如漫天悠扬的雪花在空中飞舞。

　　四月天的梨花你若换个角度在月光下观看，那美伦绝幻的风姿，简直美得令人心醉！银白的月光，与雪白梨花相映生辉，会让人情不自禁想起古人的诗句"占断天下白，压尽人间花"。

　　因为梨花多开在清明时节，是下春雨的时候，正所谓"梨花带雨"。它给你的感觉就是人生若如初相见的静美与淡雅。梨园月下，不适宜轰轰烈烈，恋人也不适宜太亲昵的举动。这并不全与清明有关，因为梨花的风骨与质韵就是让人含而不露，喜而不笑，悲而不凄，亲而不抱。它是平和的，又是脱俗的，它需要人们用无语无声的眼神去意会它的精气神韵。

　　难怪有句诗这样赞美梨花："雪作肌肤玉作容，不将妖艳嫁东风。"这不由得使我想起古人把雪与白梅连在一起的诗句："梅须逊雪三分白，雪却输梅一段香。"

　　总之，梅和雪相互之间都有点美中不足。梨花就不同了，她既不逊雪之白，也不输梅之香。

　　多少个春秋岁月，黄河故道森林公园这片神奇的土地，风光静谧，默默地守望在这里，深情地面对大自然低诉。这里的人们以树为美，爱护树，就像爱护他们的心脏。

这是一片神奇的土地，2018 年联合国第五次全球重要农业文化遗产国际论坛正式授牌这片土地列入农业遗产保护名录。我们走进古桑树林，看看颐寿园区，它是全国最大的古桑树群。相传在明朝永乐年间，桑园逾千顷，养蚕极盛。因为桑树全身都是宝，皆可入药。椹果具有延缓衰老、提高免疫力的功效，是皇帝的御用补品，也被人们称作"人间圣果"。当地人因久食椹果高寿者大有人在。

说起这片古桑树林还有一个美丽的传说，相传在明朝永乐年间，这片土地上住着一户人家，一家四口，老农的父亲、老农和他的妻子，还有一个聪明、乖巧的女儿。一家人过着田园诗意的生活。一天，一位道士来到这里告诉老农这片地适宜种一些桑树，不仅能防风固沙，还可福泽万代。老农请教道士去哪儿弄桑树苗，道士指了指附近的几棵大桑树告诉老农从老桑树上截枝种植即可。不过是要付出生命代价的，说完送给了老农的父亲一把千年的桑木剑，并嘱咐这是与黑怪作斗争的武器。老农的父亲大仁大义，自告奋勇，为了福泽子孙，长寿后辈，他种植了一片桑树林。有一天，老农一家在桑树园里采摘果实，一个叫黑怪的东西来抢果实。他们一家为保护果实拼命地与黑怪作斗争，黑怪武功太强，老农的父亲急中生智，告诉老农赶快回家取桑木剑，等老农取回来的时候，老农的父亲被黑怪已打死了。又一年桑树挂果的时候，黑怪又来了，老农一家早有了防备，家人一起形影不离，桑木剑不离身，黑怪再也无法接近桑树林。从此一家人守望着桑林平安无事。老道云游天下又经此地，带来几只蚕虫送给老农，从此老农一家以养蚕为生。

桑树是会记恩的树。它会时时刻刻想念栽植它的恩人，一年又一年，把心都想空了。所以你看看桑树，不论大小，高矮，树心总是有点空的。

如今的椹果园热闹极了，一到初夏，椹果园里的欢声笑语就膨胀了，一听这声音就知道椹子熟了，昔日满眼的沙土都绿成了希望的田野。

如今的家乡，成了游客的诗与远方，当年黄河的哨子声变成了家乡人朗朗的笑声。

因为这片神奇的土地，诗人来了，记者来了，朋自远方来了；因为这片神奇的土地，家乡夏津长成了一部大地史书，被联合国授予山东省唯一一个全球重要农业文化遗产地。

望断天涯路

我脱离了低矮的土房，搬上了高楼，这就是我的家。

朋友们开玩笑说我离天近了，我借古人的诗回对他们"欲穷千里目，更上一层楼"。记得小时候读了这首诗就想爬高楼看美景，长大了，读了北宋词人晏殊的诗词"昨夜西风凋碧树，独上高楼，望断天涯路"后，买房子就专挑高楼了。古时候交通工具不发达，天涯茫茫，长路漫漫，总认为站得高看得远，俯视千里大地，极目远山江水来消解内心的愁绪和思念。现在喜欢高楼觉得敞亮。

夜幕降临的时候，我站在高楼的阳台上四处张望，想找点灵感写篇报刊约的稿子。时令已到了冬至，这是一年中夜间最长的一天，且冷，且黑。时间已是十点多了，没有一点睡意的我看着夜景，参差不齐的楼层争夺着我的视线，磕碰着我的眼睛。我想数一数这一片片的楼房是不是比一片片的树林还要多，大高层、小高层、别墅，层层叠叠，参差不齐，形成了楼林。住在楼林里的人们很像些鸟。整齐的窗子界定着住户，远远望去，就像码好的鸟笼子！

笼子里的人像鸟一样地生活，水、电、暖、气、网络，物业条条框框界定着，哪一样也要有规矩，每天如此，居民们睁开眼就要开始在电梯的升降中进进出出了，走出笼子，又进入了下一个笼子——车子。在车轮的匆匆滚动中又钻到一个叫单位抑或叫公司或者叫企业、店铺的笼子里去了！

每个笼子里，都储备着现代化的一切，空调储藏着冷暖，冰箱储藏着超市里买来的加工好的食物。网络储藏着精神文化情感，看起来生活在楼林里的人很幸福，所有的需求都是现成的，都是用钱切割好了的，一切都不需用心灵去经营！

笼子里的人们当然也渴望天然、绿色、无公害的食物，渴望蓝天白云、绿水青山，从他们房屋装修的风格上你会看得一清二楚。你看贴的那些山水画、田园农舍、自然风光，甚至到了画饼充饥的份上！他们对家的概念肯定是青山绿水、五谷飘香、绿油油的庄稼、黄澄澄的果实、夕阳西下升起的袅袅炊烟！

其实人生的终极追求，不是钱，也不是权，而是靠近心灵最近的地方，房子再美也美不过外在的世界，世界再美也美不过心中的梦想。

　　繁华的世界之所以繁华就是因为有让人哭笑不得的婚姻和爱情。人生冷暖论到极致就是男女之情，就是柴米油盐，活着就是与日子和解。如果你是性情中人，日子里是少不了酒的，没有多少人一直永远保持克制，尤其是在酒场上保持克制会是很无聊的，遇到心灵相投的人不妨就偶尔醉一次，做一次真实的自己，古人有言，人无癖不可与交，以其无深情也，人无痴不可与交，以其无真气也。如果心灵乏了，一定要将心灵靠岸，最好的办法就是醉一次，抛开尘世间的种种烦忧，将心灵敞给信任的人，醉一次才知道自己的心灵承载了多少不该承载却又卸不掉的东西。那些灼心的往事，无论是在放声痛哭中释怀，还是在嬉笑怒骂中释怀，还是在默默回顾中回味，都会轻松许多。因为醉了的时候很潇洒，撤下所有的面子彰显本真，或许很想回家种田，让自己长成庄稼，与土为伍，与苗为伴，守望最初的田野。或像草原上的马尥蹶子撒着欢儿，打个响鼻，昂胸嘶鸣，以马的尊严跑几圈。

　　看看手机已是凌晨两点了，忙碌了一天的人们都该进入深深的梦乡了，相爱的人们想必也在相拥甜睡中，我一点睡意没有，独自一人在高楼上凭栏远望，突然记起古训：一人莫凭栏，二人不看井，三人不抱树。

　　我走进屋里，给自己倒了一杯热水，端到书桌上，对着窗外轻轻地说了一句："睡吧，幸福的人们，我在高楼上为你们打更！"

记得外国雕塑家罗丹曾说过："艺术是孤独的产物。"所以也就有了情到深处人孤独之说，孤独生寒意，这是表象，真正的孤独智者，心中有一团火焰，这火焰来自他执着追求的一股热力。

我打开电脑，情不自禁地写下了大师们做学问的三种境界：

昨天西风凋碧树，独上高楼，望断天涯路。

衣袖渐宽终不悔，为伊消得人憔悴。

蓦然回首，那人却在灯火阑珊处。

夜很长，但愿无论醒着的人们还是睡着的人们都有一场色彩斑斓的梦。

缘来如此

有些人总想在算卦看命中了解自己的缘分，总觉得缘分与命运有关。我认为"命运"二字要分着说才妥当。命，是一生之况，运，是一时之气。如某人中了大奖，说明他此时的"运"好，但不能因此就说他的"命"好。因为他将来用这些钱干什么还不得而知。或许他中奖后忘乎所以，得意忘形后发生不幸，这种情况也司空见惯。老祖宗时常提醒我们德不配位，必有灾殃！老天给得起你，但你不一定能享受得起！

常言说厚德载物，这是很有道理的，有了好运气，如果德性不占，好命也会流失的。那缘分呢，说万事因缘而聚，懂得了这些，你就会明白，有些事急不得！

记得读过一本关于宇宙万象的书，只看了一遍，书中细节多已忘记。其总论的内容大概是从浩瀚的宇宙论到河外星系，银河系，再到太阳系，再到九大行星。我读完之后，情不自禁地推及自己从茫茫苍天中万万亿个星球之一中来，再细分到地球，洲、国、省、市、县、单位，最后到几号楼，想来想去就非常赞同了爱因斯坦的一句话：我们只不过是宇宙中的一粒尘埃。

说起尘埃，尘埃也是有缘分的，现在量子纠缠理论证明了相隔遥远具有波粒二象性的两个量子的微妙结缘纠缠，或许是冥冥上天赐的缘分。由此我想到，世界上没有一样东西是绝对孤单的，都会有同伴相结。

在这个不可知的天象背后，一个"缘"字好像说透了人生万象。人们也喜欢用这个"缘"字来说事。

记得林语堂打过一个比方，说一只蚊子叮人，先是寻找易钻之地，继是钻之，于是欢然吸之，人觉疼时，"啪"一声结束蚊子，于蚊子，它是不晓得好端端的为什么就忽然死了，然后推而论及人生，确信天地间存在有像蚊子对于人的"东西"。有修为的人们，面对命运缘分常常先问问自己，愧对天了嘛，愧对地了吗，愧对自己的良心了吗！中国贤德仁人时常真诚地忏悔自己的德行，提醒自己，行有不得，反求诸己。

一个"缘"字让许多人至今还对《红楼梦》里的主题歌奈何不得，一桩桩的空捞牵挂，其活生生地唱出了"缘"在国人心里的心酸与无奈。

但命运是可以改变的，机缘是可以创造的，主宰命运机缘的不是别的，正是本人自己，也就是常言说的"命由心造"。

人生的命运从某种意义上来说也像数学、物理定律一样是有规律可循的。世界上没有一件事是偶然发生的，每一件事的发生必然有其原因。这是宇宙最根本的定律。人的机缘命运当然也遵循这个定律。

人缘分的好坏都是由心念决定的，随着时光的发展都会产生相应的"果"。如果心念是好的，那么果也是好的，常言说得好：种下棘粒就扎脚。你种下什么，你就会在不经意中获得什么。你种下快乐，你就会在不经意中获得快乐；你种下怒气，你就会在不经意中获得怒气；你种下爱，你就会获得爱。常言说：爱出者爱返，福往者福来。

因为人都是有选择性地感知世界，所以人只感知自己相信的事物。人也会被与自己心念一致的事物吸引过去。这种相互吸引无时无刻不在以一种难以察觉的、下意识的方式进行着。

人的一生所遭遇的困境或许当时不解，并难以接受。但在过后某一时刻就会突然明白，这一切都是上天最好的安排。上天不会无缘无故做出莫名其妙的决定，它的安排都有它的理由。慢慢地，你会发现，所有的丢失，都是得到的前兆；所有的匍匐，都是跃起前的热身；所有的支离破碎，都是圆满的聚合。

缘来如此。

静看繁花盛开

自从有了微信，接触的信息量也越来越多，原本简单的生活观念变得越来越复杂。每天铺天盖地的人生警句、健康保健、家长里短等，潜移默化地影响着自己的生活行为，使自己的心沉不下来。

有段时间想静下心来不再看微信，可就在第一天，我就感觉自己像掉了魂儿似的，整个心里空空荡荡的，像被世界遗弃了似的。我翻出了曾经压在抽屉里的日记，发现它像块磁铁一样吸引着我瞬间入定。它没有电视节目丰富多彩，也不像流行歌美妙动听，更不比畅销书引人入胜，它的纸张早已泛黄模糊，但里面的初心深深地吸引着我，安抚了我浮躁的心。

日记里有梦里挑灯看剑的豪情壮志，也有评不上"三好学生"

的委屈眼泪，有青春的悲欢，也有考试优劣的喜恼。扉页上的一句"当做长子报国恩"深深地感动着自己，我凝视着这一句，眼神愣在这里好大一会儿，走向社会的我为了这句话，无怨无悔地工作着，直到累得筋疲力尽，从而没有太多的时间去给骨子里喜欢的文学。

惊喜地发现日记里夹着一位编辑曾给我亲笔回过的信，信中只有几句话："心怀天下真情，胸装灿烂文章。与君心同累，与君文同泣。"这位编辑的这几句话，给我的文学亮起过一盏明灯，照亮过我的文学之路，从而也让我写出了几篇读者认可的文章。

温暖是可以传递的，受编辑的鼓励，我也暖过他人心。记得，一个衣衫褴褛的小女孩走到我面前，央求我买一串她的糖葫芦，见那么多人拒绝了她，我出于同情买了一串，咬了一口，味道实在是不好。小女孩似乎看出了我的心思，立刻解释这是她第一次做，并只卖个本钱。我把她说的"第一次"重复了一遍，随即我又买了五串，并夸赞说好吃。

后来看了一篇题目为《一次陌生的关心，点亮奋斗的前程》的文章，我才得知，小女孩成立了一家有名的"糖葫芦公司"，当上了公司的总经理，并给希望工程捐了款。

其实人生许多东西都是多余的，尤其是身外之物，它们像肥胖人多余的脂肪只能加剧心脏的负担，只有精神的力量是无穷的。

人生的岁月气象万千，但在历史的长河只是一瞬间。在这有限的时间内，稳住自己，做好属于自己的那一份就足够了，有言道，弱水三千，只取一瓢饮，人生百态，须当从一而终。做到这些，关键要有定性，稳住自己，才能静看繁花盛开。不忘初心，方得始终。

总之，如果青山属于你，你就不必费心去搏击大海，只管在青山上种下一片新绿也就无悔人生了。古人有言：骏马能历险，力田不如牛。坚车能载重，渡河不如舟，选择适合自己的，稳住自己，励志前行就是了。

常听老人们说，人生没巧头，有得就有失，种好梧桐树，岂没凤凰来。

记得听过一个故事，大体意思是不要去风风火火地追一匹马，要用追马的时间来开阔自己的草原，待到春暖花开时，就会有许多骏马来这里。丰富自己，比取悦他人更有力量，你若盛开，蝴蝶自来，你若精彩，天自安排！

人世间之所以有麻烦事，都是自找的，正如世间万法唯心所见，唯识所变。放眼世界，人们在每一寸光阴里都充满着竞争，稳不住自己的人，就整日左摆右晃，自以为趋利弊凶，最后聪明反被聪明误。

稳住自己吧，静下心来，才能静看繁花盛开。

与庄稼有关

教育局大楼的后面有一块荒地，大约半亩有余，年年杂草横生，仿佛在向大自然宣泄着"野火烧不尽，春风吹又生"。

每年风一刮，主管环保卫生的领导就头痛，烧锅炉的老黑头是个庄稼人，听说局领导老为这事犯愁，他自告奋勇来到领导面前说："我是老农民，我知道怎样对待杂草。"

领导答应了他的请求。老黑头在这半亩杂草地上种上了玉米、大豆、萝卜、白菜等，经过老黑头的精心耕种，收获满满。这不仅为大家提供了无公害的绿色食品，也美化了环境，净化了空气，更值得领导高兴的是，院中再无杂草横生。

从此，环保领导无论大会小会都把老黑头的事迹表扬一番，夸他忠于职守，勤劳能干。

老黑头总觉得领导夸奖他的话没有说到点子上，不知是谁在不经意间说了一句："对待荒芜的心灵必须种上信仰。"老黑头听了这话觉得心里很舒服，虽然他不懂得这句话的具体意思，但他觉得跟种庄稼的道理差不多。

一次在职工联欢会上，不知谁建议非要叫老黑头发言。老黑头说："我觉得对待荒地就得像管教孩子一样，不能任其疯长，庄户人家都知道，地里不种庄稼就长草，种了，就得管理，管理就除草。"

有人建议让老黑头说说自己是怎样培养孩子的，因为老黑头的孩子很优秀。老黑头说他是进城务工的农民，在这个小城市里和老伴、孩子租人家的车库住，老伴捡破烂，自己烧锅炉，孩子上高中，没什么好说的。

有人建议让老黑头随便说说。

老黑头说有一次看见房东教训孩子，只见房东说孩子把大人的良苦用心当成驴肝肺，还数落孩子没有了良心不懂大人的养育之恩，还不如我家的孩子。房东的孩子反过来责怪大人也不如我们那样勤劳，埋怨大人整日游手好闲，养尊处优，不是吃宴喝酒，就是休闲美容，孩子越说越牢骚。房东被指责怒了，凶巴巴地说："大人有大人的事，小孩子怎能跟大人比？大人小的时候也是天天刻苦上进，从不贪玩。"

孩子反驳说："如果人生的最终目的是吃喝玩乐，我现在就吃喝玩乐不是更好吗！"

房东被说得哑口无声，看样子只有动武才能镇住孩子。老黑头急忙领着房东的孩子离开他们家来到自己收破烂的场地。

场地上，老黑头的孩子正把捆好的破烂往车上扛。扛着扛着，孩子的身子晃了一下。老伴心疼地责备孩子煮的鸡蛋总舍不得吃，这段时间考试累，身体跟不上了。

孩子说爹娘干体力活更累都舍不得吃，自己怎么能吃呢。

不一会儿，来了个卖破烂的，本该支付人家九元八角钱，母亲要求孩子给这个卖破烂的老人十块钱，母亲说："人生在世，不要太计较，尤其是对穷人。"车装满破烂后，老黑头的孩子说上学正好路过收破烂场地，自己顺便稍去。房东的孩子看了这一切什么也没说，默默地走了。

老黑头说完，响起一片掌声。

又有人建议让老黑头说说孩子小时候是怎样管教的。

老黑头说自己没文化不会说道理，只能举个孩子玩蜻蜓的故事。他说自己孩子小的时候给人家要蜻蜓玩儿，结果人家给的蜻蜓有的被玩死了，有的被玩飞了，总之，一会儿就没了。

他说靠要别人的不是好办法，他就领着孩子到场院里亲自去捉蜻蜓了，孩子看见蜻蜓，时而欢呼，时而跳跃。蜻蜓忽而东西，忽而南北，偶尔上天，偶尔入地。老黑头说他用事实行动灌输孩子要想得到想要的东西就要用行动去争取，其实孩子捉蜻蜓的过程比玩蜻蜓的动力还大。

最后领导说大家都愿意听老黑头的故事，建议老黑头再说说是怎样提高孩子学习动力的。

老黑头说从前外国的一个"乡村生活"摄制组来他们家乡拍一部中国农民劳动生活的纪录片。

老黑头的家乡在一个小山沟里，地处偏僻，但苹果长得又脆又甜，远销国内外，这引起了外国人的兴趣。

老黑头领着孩子来到果林，外国人缘于拍摄的策略，说是要买果农的几筐苹果，要最美、最亮、无疤痕的。

乡亲们拿上最漂亮的筐，带着最饱满的热情，开始摘起苹果，一边摘一边有说有笑地讲故事拉家常，每当他们摘下一个漂亮的苹果时就情不自禁地会心一笑，并且还拿在手里恋恋不舍地磨蹭一番。当他们摘满筐时，几个人哼着歌抬过来，这一幕被外国摄制组不停地录着。

外国人录完了要走，收了钱的果农一把拉住他们说："你们为什么不把买的苹果带走呢？"

外国人告诉果农他们要的不是苹果，他们想要的已经得到了。果农干脆掰开一个最大、最好的苹果，死拉活拽地让摄制组的人尝尝，并一连叠声地说："我们山沟里的苹果无公害、无污染，是真正的绿色产品，你们还嫌弃？"

外国人耸耸肩，摊开双手笑了，他们让翻译耐心地给果农们解释。翻译解释了半天，累得满头是汗，也没给果农解释清楚。果农们摇头叹息地说他们既然拿了钱了就得把苹果给人家。

老黑头问孩子原因，孩子说这几筐苹果在外国人眼里是没有多少价值的，值钱的东西是采摘苹果的乐趣过程，这种乐趣过程就是厚重的文化财富。这个纪录片拿到外国要卖很多钱的！孩子进一步告诉老黑头，果实在市场上只能卖一次，而把摘果实的过程制成艺术欣赏，可以复制千万次，数量之多，速度之快，怎能跟漫长的一年四季才收获的果实相比呢！科技就是财富，我一定要好好学习。

最后老黑头说自己不明白的事，就让孩子去明白，这样孩子才有动力。

家乡的锣鼓声

正月十五这天，对于我的家乡夏津来说是一个特别的日子，人们心潮澎湃、激情满怀，毫不夸张地说，这天是一年中最热闹、最火爆的一天，没错，人们比新年还开心。

这天，笑声与锣鼓声交织在一起，好一派"锣鼓喧天颂盛世、欢歌笑语闹新春"的喜人景观。

家乡人民一大早就从四面八方来到县城大街，人们的脸上都洋溢着亮丽的光芒，站在街的两边说着笑着，翘首以待架鼓队、高跷队，及五彩缤纷的彩车队的到来。

大多数的村民都开着轿车前来，也有的开着拖拉机、面包车，总之车上都载着激动不已、欢呼雀跃的老婆、孩子；时尚的年轻人都不畏严寒，像过春天似的穿得那么单薄，真是美丽"冻"人；

城里的人们也都刻意地修饰了一番，男人们西装革履，女人们妆容精致……人们对今天的重视程度可见一斑。

终于，在大家的期待中，一辆辆彩车井然有序地开来。缤纷的彩车不但向人们描绘出了美好的明天，而且还变成了一辆辆"广告宣传车"，宣传着我们家乡自己的东西，家乡的面食、酒、黄河故道森林公园等那些老百姓离不开的衣食住行。

彩车过后紧接着便是身怀绝技的表演队，每过一个表演队，棉乡的儿女们都情不自禁地为他们摇旗呐喊，忘乎所以的样子好像自己也成了表演者。

作为压轴出场的架鼓队终于在千呼万唤中气派出场！看，那一群群架鼓队，他们忘情地锤打，他们的雄姿像凯旋的战士，他们的热情仿佛使冰冷的空气都变得燥热了，所有人似乎都感觉到了春天正向他们走来。此时就连那恬静的阳光也飞溅了，飞溅出一朵朵太阳花。

听，他们越捶越烈，他们要捶掉所有的痛苦，捶向生活的梦想直奔幸福的明天。家乡的领路人正在带领家乡人民阔步向前，正如夏津的鼓声越捶越烈。

锣鼓喧天后的晚上，更是一番景致。晚上七点，花灯焰火晚会正式开始，几百枚烟花竞相开放，五彩缤纷的烟花又把人们的情致带到另一番境界。人们昂首观望花的天空，夜的苍穹如春天的百花园一般绚丽夺目，人们仰天长笑，花如笑脸，脸如花。

地上的火树银花，与空中的花海遥相呼应。天上地下到处是流光溢彩，绽放着人们心中美好的生活，为丰收的大地锦上添花，家乡人民的心愿正如这些美丽的花朵在天地间放飞！

县城几条主要街道两旁挂满了形态各样的彩灯，把节日的县城打扮得格外艳丽，人们回家的路上亦是灯火通明，也把正月十五的元宵节的气氛推向了高潮。人们沐浴着各种花灯亮丽的光芒，笑脸在灯光的映照下更加灿烂。人们在这一天借助灯光、烟火和锣鼓声，忘乎所以地渲泄着自己梦想。

如果说"年"是对生命物质的一次盘点，那么，元宵节就是对心灵的一次洗涤。锣鼓声、烟花、花灯、万家灯火装扮着家乡人甜甜的梦。

惊涛拍岸

第一次见海，心像断了线的风筝，飞得很远很远……总是好奇在海的某个地方是否住着神仙，神仙的家园是否是琼楼玉阁，那里是否发生着宛如小时候奶奶或姥姥讲的神话故事。

《山东文学》首届"繁星杯"大赛，我有幸取得参赛资格，并且有缘去了青岛领奖。去青岛，是我儿时的愿望，那时我以为只有青岛才有海，长大了便总想见青岛的海，幻想在那里实现一个海的梦想。

领奖之余，我们抽空来到黄岛开发区前湾村采风。

走进前湾村，一道道靓丽的风景线映入眼帘：一栋栋高楼拔地而起，公园、树林美如壁画，道路平坦宽阔，工厂现代、壮观，住宅小区清净整洁，街心花园广场让人流连忘返……

最有趣的是前湾村的村史展览馆，里面有村民多年前用过的篮子、筐子，还有好几代人穿过的棉袄，这棉袄一看便是缝了补、补了缝的，墙壁上还张贴着人们当年住过的卧篷和逃难人的照片。

今天，他们把这些留给了历史，让后人去品味他们前进道路的辛酸！如今前湾村的人们正以崭新的姿态走向更美好的生活。

夜幕降临的时候，前湾村的文化活动中心彩灯闪烁，歌声阵阵，村民们在这里尽情地歌唱，尽情地舞动，村里的人们最爱唱的一首歌就是《越来越好》。

大海扬起波浪与他们的心曲合声，这感天动地的心潮，使我猛然想起"惊涛拍岸"一词，惊涛拍岸，不仅能描述大海的壮美，也能体现前湾村人们的激情。心与大海互动，互相启迪和安慰，前湾村的人们有大海一样的心胸，大海有前湾村人们涌浪的精神。

他们的脑子里永远固守着历史赋予他们的那幕齐长城，它像一位哲人时时提醒着前湾村人民，无论走多远，不可忘记祖辈们用血汗打造的家园，常常看看它，不会迷失回家的方向。

当我离开前湾村时，一阵歌声传来：

让我掉下热泪的，不是这里的花，不是这里的树，
是党牵着我的手。
我想热情拥抱的，不是这里的风景，不是这里的富足，

是文明正气的温柔。

我蓦然回首，这不正是小时候奶奶给我讲的神仙住的家园吗!

手放在哪里

闲暇的时候，手放在哪里，这是许多人不太注意的事，因为这不是以人的意志所决定的，它是潜意识的表现。忙碌的时候，手放在哪里，这个都知道，心在哪，手在哪，手指连心嘛！

由此想起我上小学的时候，我的一个老师上课时的姿态。他大多数的时候右手拿粉笔，左手拿课本，两只手的摆放位置自然和谐。问题就出在他右手不拿粉笔写字的时候，那只闲下来的手放在哪里？

你看他，一会儿把手插在裤兜里，一会儿背在后腰上，一会儿弄弄头发，一会儿摸摸鼻子，最不可理解的是，他会突然把手捂在屁股上。

久而久之，我们对老师的这个动作有了警觉。因为老师一出现这一动作时，准有学生要挨打了，并且挨打的部位肯定是屁股。我和我的同学们惊恐于这个动作的准确性直到告别学生时代为止。

我也曾经见过恋人的手，当他们的手闲暇下来的时候，没有一个自然下垂一动不动的，你看他们的手，不是轻轻地摩擦，就是轻轻地抓握身体的这里、那里，掩饰着迫不及待的样子不让对方看出，有的表现得更厉害，抓耳挠腮，这大概是左右为难了。

而女的手呢，则是抚发整衣，俨然一副万事俱备只欠东风之势。

有的人说话爱打手势，其实这是手在不停地摆放位置，以增加他说话的效果，向人们展示他的心态。

手势太多，人们会说你不稳重；太少又说你古板，这手恰到好处地摆放还真是一门艺术。

为此，我想起了人类的起源，人类从手被解放出来到直立行走，都知道是劳动起了决定作用，其实具体地说，也就是手起了决定作用。正因为这双手，我们才有了今天。

手被解放出来，不再承担行走任务了，为了生存得更好，人类要学更多的技能，如抓握、打造、屠宰、制造，甚至有了厮杀、战争……最后战场上出现俘虏的时候，他们举着双手，我不知道这是规定出来的动作还是自然的举动，总之，无论如何是不再用手了，大概放弃双手就放弃了对抗。

我们也曾见到过胜利者的姿态，他们也是举着双手，但是他们的手都是高高举着，手掌是半握着。可见手势的不同，给人的感觉就相差甚远了。

　　最让我心动的是牵手，当两个人或多个人把手牵在一起的时候，那是一种理解，一种团结，一种力量，一种强大，一种和平的姿态！

花开了，你去了哪里

花开了，我想去拜访一位下棋高手，我要问问他，这世上最好的一步棋该怎么走。听说高手经常在一家书店门外的大槐树下走棋，一边走棋，一边用棋语说人生哲理，不过不轻易说，就是说也是一句半句的，很珍贵。

一路上春光很美，行人很多，突然路遇同村的傻大胖拎着两个篮子，里面有一捆烧纸，才知今天是清明。大胖的父亲走得早，娘又是盲人，隔三岔五还吃药，家里有些穷。村里张三经常拿大胖开玩笑，经常问他想不想娶媳妇。大胖听了就傻呵呵地憨笑。张三告诉大胖只要把老娘扔掉就能找到媳妇。大胖听后很生气，平日里打不还手骂不还口的他突然爆发起来，拿起砖头追了张三好几里路，从此张三再也不敢开这种玩笑。

我看着焕然一新的大胖，问他为什么拿双份，大胖说母亲告诉他邻居的坟和自己父亲的坟挨着，风里雨里给父亲做着伴儿，邻居的儿女在大城市里也没空回家上坟，母亲就让自己多拿一份儿给邻居烧烧。

　　每到这时张三就奚落大胖连自己吃饭都困难，还孝敬两个爹，大胖听了就当没听见，照样跪在邻居坟前给邻居烧纸磕头，还祈求邻居和自己的爹相互照应。

　　听说去年邻居的儿女们从城市里回来了，他们来到坟前，正看见大胖在坟前替他们尽孝，他们感动地问："每年都是这样吗？"大胖憨憨地笑着点头。邻居的大儿子掏出一张卡，抓过大胖的手塞给大胖说里面有钱，大胖死活不肯要。他们来到大胖的家，当看见大胖的老母亲生病在床时，他们决定给大胖盖新房并照顾他们一生。我听说他快要结婚了。

　　来到书店，发现下棋的高手不在，我就想进书店随意看看书也不虚此行，在文学书籍区里，有一位年轻人拿过一本《百家评论红楼梦》，我对红楼梦也挺感兴趣，于是便想和他讨论一下红楼梦里的黛玉葬花，只见他又移步到科学书籍区，我觉得这个小伙子很有意思，就跟着走了过去，只见他拿下一本《生命与科学》聚精会神地看起来，天哪，我对这个内容也很喜欢，我想和他讨论一下克隆与量子的关系，又怕打搅他，正在我犹豫的时候，一位很时尚的女孩风风火火地走过来，着急问小伙子咋不接电话，小伙子的目光始终没离开书，他很从容不迫地回答："静音。"时尚女孩大户地质问："花开了，你怎么还在这里，你不是答应我春暖花开的时候给我去买那款包包吗！"小伙子静静地回答："好不容易放个假来趟书店。"

时尚女孩无可奈何地在一旁玩弄着手机等待着。时尚女孩等得不耐烦了，搜着小伙子问："都快中午了，你到底陪我去不去？"小伙子回答道："给你转钱你自己去买吧！"时尚女孩彻底崩溃了，大声吼着他根本不爱她，无视她的存在，吼完转身跑了出去。小伙子放下书追出了门。

我走出书店，发现下棋高手还没回来，高手的棋友正在这里走棋，我问高手去哪儿了，棋友回答去烈士陵园扫墓去了。我愣愣地看着街上行走的人，发现小伙子又回到了书店。我静静地在一旁观着棋，一言不发，等他们下完了一局的时候，我问："这世上最好的一步棋该怎么走？"他们看了看我，笑了笑回答："生命的意义因时因地而异，你只管耕耘，上天自有安排，世上不存在最好的一步棋，你还小，长大了自然就知道了。"

我失望地看着他们，他们说，人生没有失望，这局失败了，还有下一局，这是下棋高手常说的话。棋如人生，有时候越守越守不住，当最后只剩下几个棋子的时候，就会越加谨慎，开始落错了棋子，后来就要加倍地应付，趁花开青春的时候走好每一步吧。

第三篇　诗歌

家乡的树

1

在黄河流失的土地上有我的家乡

家乡的土地上

长满了树

杨树、柳树、槐树、果树，还有驰名世界的桑树

它们成林成片地在鲁西北广阔的大平原上成长

它们长成了家乡的名片

长成了国家 4A 级黄河古道森林公园

长成了国际原生态旅游乡

因为家乡的树，八方的游客都来了

2

家乡的树

如同家乡的父老乡亲和岁月一起生长

一起守望着日子里的时光

它们都是没见过大世面的树

体型长得五股三叉，不修边幅，像没教养的孩子

也有长得漂亮的树

像明星一样，艺术地生长，长得天生丽质，脱俗又漂亮

画家来了画它，摄影家来了照它

不知名的花树时而抢个镜头

翘首弄姿摇曳着花香

它们不计较昙花一现，也不忧伤将来无果的晚年

它们不是席慕蓉笔下那棵开花的树，没有在佛前求了

五百年

3

我走进原生态的槐树林

我跟随天南地北的房车穿行其中

槐林里有整齐的菜园、温馨的木屋、解乏的咖啡馆

夕阳下

帐篷露营区里的情侣坐着摇椅享受着田园风光

这是五月的槐林

槐林里开满了玉坠般的槐花

听老人们说这些花在挨饿的岁月，是救过人们的口粮

槐林边有棵硕大的老槐树歪着脖

树干稀疏嶙峋

孤零零地站在林口

木匠说树身太矮还有大洞，做什么也不是材料，上吊都吊不死人

听说日子穷的年月，人们想刨它当柴烧，刨的时候不是崴了脚，就是锨掉了头，谁刨也没刨成

这棵不成才的老槐树平安地活到现在

村里的老者说这是一棵有故事的树

它掩护过八路军、传过情报、救过命、树下的雷劈过

汉奸

　　树冠上曾有过一口大钟

　　从抗日救国到支援前线，从斗地主分粮到生产队劳动

　　人们的行动是从钟声走来的

　　人们敬畏它

　　感激它

　　尊它为神树

　　　　4

　　我走进杨树林

　　穿行其中

　　有了许多联想

　　有的长得像胖大叔的大腿那么粗壮

　　有的像瘦骨嶙峋的穷孩子，老挺不起脊梁

　　还有的像三姑家留学的儿子，玉树临风，有模有样

　　偶尔有棵树像二舅家残疾的女儿，委婉不顺畅

　　有几棵遍体鳞伤、刀痕累累的树，像勇士一样，感觉它

们像我的大哥哥

　　又像青春时的死党

突然想起妈妈的话

孩子啊

长就要长成栋梁，像大树一样

5

我走进柳树林

穿行其间

如同穿行童年的歌谣

仿佛听见夏天的知了在树上长鸣

鸣声的长短

蝉皮的多少

我都能断定蝉们对哪棵树有了眷恋

柳林里的夏夜是我的儿欢

手电筒挥舞着光亮串着伙伴

手心里的蝉儿挠着我的笑声

每一片树叶的风动都在喊我的乳名

6

我走进果树林

穿行其中

感觉天是那么高

为容纳膨胀的果实，天地开始变阔

果树们不是抓住机遇的暴发户

没有一夜之间肥硕满肠

它们如怀孕的媳妇，精心授粉、防病防虫才换来了果香

金秋过后

一场乡愁的悲凉开始袭击我的心灵

秋叶飘飘，一地的叶子如我失落的语言，沉默在大地上

我的思绪开始触摸冬天

寒风过后，树枝互相打着哑语

雪来了，一群麻雀在雪地上跳来跳去

它们在茫茫的雪地上觅食

它们不知道捉麻雀的人就在身旁

7

春天来了

我穿行在梨树林

我听到春风在小路上摇动着牛铃

生灵们一肚子的心事开始诉说

老农举起长鞭用力在天地间甩响

春天就这样在梨园里开放

我疯跑着、憨笑着去追赶蝴蝶

爹娘告诉我春天里不要张扬疯狂

这个季节好好耕耘，长大了才有担当

我说春天来了我要去远方

爹娘说梨花开时清明到

路上行人欲断魂，不宜去远方

我呆呆地凝视起一朵梨花，并不美，一棵树也不美，我

忽然想起千树万树梨花开

8

我穿行在杏树林

看见不少学生

这是学生春游的实验基地

偌大的孔子塑像不得不想起有朋自远方来

想起中国文化，想起树也该是一种文化

杏林里有一棵千年的古枣树

能结五种形状的枣

老人们说它浑身上下都是宝

9

我走进家乡的桑树林

穿行其中

我的骄傲也在其中

这是黄河故道唯一的古桑树群

走进林中，谁都会错觉成原始森林

虽然没有名刹古寺，甚至千年松柏

一种神奇的古老油然而生

桑树林里有一棵被雷劈成两半的桑树

已有了千年的树龄

它们的树身被烧成了黑色

至今还坚强地活着

它们吸取了天地之精华愈合了伤口

听说它们曾是相爱的一对

被劈到人间葬在此中

痴情的人们常前来祭拜它

世间自有真情在

这两棵树结得椹果特别甜

传说吃了这树上的椹果，青春永驻，还能获得不离不弃
的爱情

家乡五月的椹林，是最热闹的时候，椹林里到处是欢歌笑语

因为家乡的树

家乡有了名片

家乡人长了见识

见了记者

见了成千上万多的游客

如今家乡的树，已长成了一部大地史书

被联合国授予全球重要农业文化遗产地

母亲的世界是一部心经

1

母亲领着我和妹妹跪在爹的坟前

我感受着着百花盛开的春天里父亲的白幡带来的风

母亲的目光高过坟头

把我和妹妹拽起来

嘱咐

擦干泪长志气，好好做人

第二天我偷偷地扛着爹用过的大锹

跑到村东头铁匠铺换了一把小锹、一把镰刀

站在母亲面前，发誓不念书了，帮娘下地干活

母亲听后一巴掌打过来

吓得黄狗跑得老远

牛羊们咀嚼着色声香味触法

苍天呼应着

色即是空，空即是色

之后的日子母亲就没日没夜、没节假日地劳作

春天里

母亲独自扛着锄头、牵着黄牛走在田野上

目光抚慰着每一棵病弱的秧苗，如慈爱着自己的孩子

春季里，母亲来不及欣赏蝴蝶和美景，满眼的花草在母亲的眼里，都是老牛的饲料

暮色里

母亲背一筐青苴回家

顺便从青草里捡几朵野花

插在妹妹的头上

晚上，老黄狗趴在门口警示着暗影与浮动

母亲摇着放纺线车织着幸福的日子

2

母亲纺棉花最得心应手，因为我的家乡是产棉区

母亲常说种棉花是最累人的农活

从虫子侵蚀青苗到棉花盛开

母亲要经得住农药的危害

母亲庆幸中过毒，她说农药是真的

母亲的庆幸让我大哭

棉花盛开的时候，母亲的脸晒得通红

手被棉壳扎得伤痕累累，鲜血和汗水滴在伤口上，撒盐
一般的疼

中秋节到了

母亲想给我们打打牙祭

发现少了一只鸡

她没有着急，也没上火，她说五蕴皆空，因果不空，一
切随缘去

3

没文化的母亲总关心我的学习

放学回家问我学了什么

我站在她面前复述，我知道说错了她也不知道，越是这样，我越不忍心撒谎

母亲听我复述得流利又响亮，她竖起大拇指夸奖我是好样的，学校没白上

4

一年最高兴的事是母亲领着我和妹妹赶年集

年集上，母亲没给我们买新衣裳，没买鱼肉和好吃的食粮

给妹妹买了一朵花

给我买了一挂鞭炮、几本书

给自己买了一把敬菩萨的香

除夕之夜

母亲学着爹的样子教我放鞭炮

勇敢的母亲犹如上战场

母亲煮好了饺子，放在先人前吩咐我和妹妹磕头

我和妹妹在父亲的遗像前磕头，并忏悔一年来做错的事

最后我拉着妹妹，跪在母亲前

母亲的眼湿润了，我和妹妹哭了，母亲说大过年的，不

许哭

我说我当爹，妹妹当娘，让母亲当孩子，我们仨做了个
游戏，开心地过了年

妹妹问

过了年自己该属什么了

母亲笑着说

十二属相都不属，属庄稼苗的

我和妹妹不停地问

为什么，为什么

母亲笑着说

你俩从小就在田间地头长大

天上有雷雨，四面有风沙

一枝一叶都在风雨中长大

不属庄稼苗的你们说该属啥

这句话逗得我们哈哈大笑

5

庄稼割了一茬又一茬

母亲的黑发里有了白发

我大学毕业了，为了工作，背上行囊远离了家

儿行千里只有靠电话

母亲常寄亲手做的干粮

我说什么都不缺

母亲说家里的东西天然不掺假，吃了不生病，好生个壮实的娃娃

还说给我在家乡买了婚房

乡亲们告诉我婚房来得不容易

母亲黎明扫大街，春冬两闲再把保姆当

母亲笑嘻嘻地命令我新年回家要带对象

为了不让母亲失望，那一年的我，领着同学的媳妇见了娘

细节泄露了真相，母亲的热情多了感伤

她什么也没问，甚至哪里的，多大了，做什么工作，有什么理想

那一天的晚上，我分明看见母亲跪在菩萨前，声声念道给儿赐新娘

从此我发誓不再对母亲说谎

可是母亲啊

你可知道我的工作不顺利

伤心的我坐在河边，望了一夜的月亮

月亮里我眼巴巴地望着母亲为我准备的婚房

母亲啊

我的工作响当当

吃得饱，睡得香，老板器重我，工资给我涨

我的工作很顺利

像马驰田野，花儿在春天开放

我告诉你的这些

都是我的理想

6

又是一年芳草绿

迎来桃花别样红

我终于在城里娶妻生子安了家

母亲来我家，说地面太光滑，母亲摔过脚，伤过牙

母亲坐电梯就头晕，面对智能灶更是睁眼瞎

母亲感叹自己老了不中用，没文化在城里就成了人渣

媳妇安慰母亲在农村是英雄

当过女民兵，护过百姓

母亲坚持要回家

我去地铁送母亲，地铁里母亲以山的姿势挺拔

泥土里长大的母亲核心的腰背力无计可施

母亲说坐地铁是天下最累的活，比干任何农活都苦

看见身边的孕妇、缠绷带的工人

母亲使出全力

牢牢地握着抓杆

保持 180 度侧身

保护着身边的人

想起母亲的姿态，如菩萨雕像前行

车站到了，我掏出母亲的身份证

王大妮，这是母亲的大名

7

现在母亲老了

我给她寄去的钱她总是舍不得花，给点好东西也舍不得用

一日三餐很简单

她常常说想我家的小狗

我告诉她媳妇刚给狗狗买了营养品和钙粮，长得健康又

漂亮

　　母亲说看见小狗就想起我小时候的时光

　　她说做我家的狗狗该多好，天天陪着儿孙度时光

　　我听了母亲如此的话，惭愧得只想扇巴掌

　　母亲说还能老当益壮

　　再三要求帮照料孙子帮儿忙

　　一次赶上我俩都有事，送了孩子回家乡

　　母亲做饭洗衣哄孩子，腿脚不灵便的母亲被孩子闹哄得

像猴子一样

　　晚上孩子喝奶，撒尿好几回

　　母亲睡下又要起，起了又难已进梦乡

　　外地的妹妹发视频一遍一遍嘱咐娘，儿孙自有儿孙福，

莫要为儿女多担当

　　母亲说有了视频真是好，给见真人一个样

　　妹妹说你开心我们就放心，你喜欢的《我爱北京天门》

再给我们唱一唱

　　母亲啊，如今儿女做到的，只能电话拉家常

　　母亲找出碎布守在电话旁纳鞋垫，承诺给每个亲人纳

一双

　　烦了屋内屋外踱几步

　　唱唱天安门，咿咿呀呀清清嗓

9

年来了

娘忙了

回家团圆是儿女最大的理想

胡同里外紧徘徊

村头来回好几趟

风吹白发寒风中

手搭凉棚极目望

母亲啊，一次次错把他人当儿郎

新年的饭桌上，母亲惊人的大方，省吃俭用只为此，孩子们吃得越多她心花越怒放

平日里，母亲节俭得很，孩子要钱时，她却慷慨解囊

每次回家总觉得在扫荡

归去的行囊里，被母亲塞得满满当当

她认为这是孩儿行走天涯的干粮

10

母亲老了，老家的一切都空了

牛棚空了，羊圈空了，鸡窝空了

只有老黄狗后代的后代小黄狗陪着母亲

母亲老得满是白发了

弯曲的脊背

已慢慢地贴近黄土地

僵硬的腿脚

也已迈向夕阳的余晖

母亲的牙齿已脱落无几

要表达的心愿

来到嘴里已是零零碎碎

吃硬东西总是连泡带烫

说话的语气也不如往日响亮有力

昏花的目光依然读着孩儿的理想

母亲的一生都把果实留给了儿女，把耕耘留给了自己

母亲啊，你是我永远的依靠

你的世界是一部心经

能度一切苦厄

如果这不是故事

如果这不是故事

就把它看作一首诗

一首有始有终的诗

其实人们弯弯曲曲地活着

最终的凝望还是一颗诗心的形状

不知为什么

我常被一个女人所感动

那是一个手巧的女人

不知从什么时候开始

绣了多少年

绣了一件寿裙

上面有她喜欢的花，喜欢的鸟，喜欢的青春符号

临死的时候

她告诉她的子孙们

这是她的寿衣

哀悼时不要把悲伤的眼泪滴在上面

如果这不是故事

就把它看作一首诗

一首有始有终的诗

其实人们活着的时候

不可能把心愿都实现

后辈们才有了活着的明天

我想

此生无论是金碧辉煌地享受

还是风吹浪打地忙碌

最终的遗容只要是微笑

后辈们就会心安

其实人们坚强地活着

没有太多的理由

冥冥之中

只是被一个什么东西所感召

也许不存在良好的开始

也没有成功的一半

往往就在一瞬间

死心塌地选择了

一个无悔一个无怨

如果这不是故事

就把它看作一首诗

一首有始有终的诗

面对不如意

可以对苍天流泪

哭过之后，懂了人生的不如意十之八九

剩下的一二就是我们活着的理由

即近的陌生

亲近的遥远

是星还是眼睛

也许费很大的力气也悟不懂

有时候常常纠结没有用的故事

尤其在播种的春天

偏偏追赶起蝴蝶

一个亦真亦幻的倩影飞在春光中

搅着我的梦

爹娘打疼了才如梦方醒

如果这不是故事

就把它看作一首诗

一首有始有终的诗

其实敲心的人生的故事

一段

一段

都是诗

贺兰，我的父亲山

贺兰山

我来了

我慕名而来

你以群马奔腾的姿态迎接了我

此时的我啊，所有思绪都在你马背上飞过

大漠荒烟下，你用坚实的臂膀护佑着你的子孙

阻挡着蒙古的铁骑强悍

多少次厮杀血战，你瘦了，瘦成了身经百战的将军

当岁月把你瘦成骨头和灵魂的时候

你还在紧紧握着那缕西风

以父亲的姿态铸剑

冰雪打磨着宝刀

你壮怀激烈的怒发对抗着风沙

你在刀光剑影中捍卫着马背上的云和月

站着，你是山

跑着，你是马

你是西部真正的男子汉

你宽大的肩膀为子孙遮挡风雨

贺兰，我的父亲山

看到你我才真正明白了什么是父爱如山

天苍苍地茫茫

你的铁血在广袤的荒凉里，在黄河母亲里，披着月光流淌

你脚下的王陵，这个东方的金字塔，千年风雨依然挺立

九代西夏王，头枕贺兰山，脚踏黄河水，聆听岁月的启迪

贺兰山啊，你千年的守望

终于等来了塞上江南美丽的风光

贺兰，我的父亲山

你的后辈深深懂得

真正的抵御

不是你的肩膀

是我们民族的自强

金庸走了

金庸走了，留下了十五部武侠小说

小说里的英雄人物没有走

他们与世界同在

与岁月同行

他们说一念之间千军起，一念之间泯恩仇

一切来自天地

最终回归天地

违背天道的都是妄为

拈花一笑万山横的令狐冲洒脱不羁地归去来兮

仿佛还在人间走动

拥有《太玄经》神功，没有独霸四方的石破天，回归了

终极

他手持空剑定乾坤

视功名、金钱如粪土的韦小宝宁死不出卖十万兄弟

他光明磊落，令天地动容

最难忘的是杨过单臂仗剑走天涯

他失恋不失志，无欲则刚，练就独门黯然销魂掌

侠之大者为国民

英之雄者舍己身

真正的英雄不是打打杀杀，也不是喝酒论剑，而是替天
行道，舍己为人

书中的大侠们是我们梦中的英雄，慰籍过我们的灵魂

伴我度过了昏昏欲睡的课堂

涌起过许多青春梦

马云说过没有金庸，就没有他的阿里巴巴

如今金庸走了

我总觉得他故事里的英雄还活着

他们活成了钟南山

活成了王伟

活成了许其凤

活成了千千万万有担当的英雄的中国人民

活成了中国精神

金庸走了

他的武侠精神成为中国文化的标志性符号

承载着一腔中华民族的家国情怀

其实金庸的武侠书就是一部正义的史书

它使我们懂得不为正义站起来

就得为邪恶陪葬

漠视罪恶就是罪恶

无论出于何种动机

对恶的纵容就是对善的打击

对暴行的沉默就是对文明的羞辱

对野蛮屈膝就沦为它的奴隶

灾难面前，不是天在选择人，是人在选择自己

金庸的故事告诉我们，纵然上天有好生之德

面对邪恶祸福无门唯有自取

金庸的故事告诉我们，血和泪唤醒不了的东西，老天定会

横行霸道，终究会遭天弃

历史前进的规律告诉我们，患难与共才能延续人类

因为地球上人们是一个命运共同体

大美黑陶畅想曲

千年的大运河畔

走来了一位农民的女儿

梁子

她捧起运河畔的红胶泥

深情地对视着金子般的泥土发誓

我要让它涅槃重生

千锤百炼的泥土在砸过、摔过、扔过中迎来了驰名世界的名字

梁子黑陶

从齐鲁文化发祥地曲阜到巴蜀文化发祥地三星堆

从陶瓷发源地景德镇到现代艺术雕刻

她踏遍了祖国的大江南北

梁子黑陶的博物馆里

每一件黑陶都闪亮着我的眼睛

国之瑰宝，巧夺天工

朗朗帝王将相势，又不乏谦谦君子风

黑如漆，声如磬，薄如纸，亮如镜

每一件都是远方的诗心

每一件都凝结着一腔中国梦

我的思绪徜徉在黑陶里

抚摸着鸟的羽毛

默读着字如针眼的《道德经》

静看牡丹花开的温润

聆听不枝不蔓的荷花风

黑陶的每一丝花纹，宛如菩萨慈悲的目光，又不乏天行健的强盛

我感叹难道这就是天堂的风景

我仿佛感觉到每一件黑陶都是活的，是天堂量子的纠缠灵动

我站在黑陶的故乡里仿佛听见了运河的号子声

黑陶城里响起了东方红太阳升

梁子黑陶啊

世界为你瞩目

时尚为你风行

风筝飞

我不止一次地想

你是风筝

我是线

当你离我飞远

无论多远

甚至风把你吹到天边

我相信最后还是落在我的心田

我不止一次担心

你是风筝

我是线

当强烈的劲风把你吹向高高的宇宙

我害怕手中的线不能丈量彼此的距离

甚至扯断

你可以任意找一个位置降落

可我呼唤你的笑容从此响成了夏树上的知了

依恋着你曾经升腾的地方

呼唤

呼唤

千遍万遍

凭誓言劝自己

或许你把亲近拉成了遥远

于是

我不止一次

憧憬

你是风筝

我不再是线

我要化作鸟

飞成云的姿态

缭绕天空

冬至

冬至，我谋生在他乡

像哨兵一样站在小区门口

听着寒风作响

刚发的保安服挺暖和的

我给妻子自拍了照片

妻子说比公安还精神

我望着深夜的万家灯火

迟迟地亮着，对抗着冬至的黑夜

我想至阴的冬至离春天也最近

一年的日子好像都留在这个夜里咀嚼畅想

那年春天放不飞的风筝

夏天不挂果的枝头

秋天收获的几把箧谷

还有被雨淋湿的故事

我想在这个冬至的长夜里还是幸福的人多

你看万家灯火多么明媚

相见恨晚的人在这个长夜里定有一肚子的话要诉说衷肠

书生夜短的文人向来不怕夜长，他那一脑子的文字要在这个长夜里奋笔疾书

失眠的人在这个长夜里心有千千结

疙疙瘩瘩地在床上翻来覆去

我站在小区门口

职责告诉我不能有眠

我偷偷地看了一下满天繁星

马驰田野般开始遐想

想起姥姥的话

有只鸡不怕夜长

想起哲人的话

有知己不怕夜长

想起老师的话

夜再长也长不过远方

晚安吧，劳累的人们

愿你们做个好梦

岁月静好

我为你打更

清明节

清明啊

你是一场适时的雨

以清明节的名义

自周朝开始洒落

以泪的哀歌承序今天的日子

逝者的墓边等来了思念的亲人

还有远方的游子

都如期

来了

泪水洗刷着岁月的阴阳隔离

昔日的欢笑化成了泪

疼爱化成了泪

恩怨化成了泪

所有的回忆啊，都化成了泪

人啊

经得起风

经得起雨

怎能经得起一生的别离

坟头的野草和鲜花诉说着逝者看不见的春天

春光太美，美得让人还想哭

为逝者

更为春色

总之

以清明节的名义，在大好的春天里放声哭一顿

释怀了牵念的人

释怀了日子的不如意

释怀了花开了我想你

麻雀的理想

都市的冬天来了

雪也来了

一群麻雀也来了

它们在雪地上跳来跳去

其实雪并不大

麻雀所关心的不是雪的大小

而是雪地上的食物

这群麻雀组团而来，是不是一个家族

我不知道

它们来自哪里

我也不知道

只是感觉到它们像似曾相识的背着被窝卷来到城里的

父老乡亲

它们无法预示自己将来的命运

只会在茫茫的雪地上

低头觅食

是否有食可以觅出

我不知道

它们也不知道

只知道筛底下的粮食比较多

它们看不见旁边拉绳的人

会不会被筛子罩住

我不知道

它们也不知道

饱食一顿后被罩住或离开

这两种命运都有

我说不好哪一个先发生

我所看到的只是

小小的麻雀

没有华丽的羽毛

不会婉转地歌唱

没人圈养

也没人欣赏

更没有坚硬的翅膀

不能在高高的云霄中飞翔

我所知道的是

它们也有理想

看它们饱食之后飞向了蓝天

麦田的守望

麦子熟了

母亲坚持不用收割机

谁也问不出原因

只是猜测二亩地不值当的

都知道麦收是最累人的活

母亲说愿意受累

母亲说一边割麦子一边哼两句京剧是最幸福的时光

她说麦田是她所有的家当

每粒麦子都是她身上的肉

她愿意守着星星、守月亮、守着麦青到麦黄，再从麦黄

守成饭香

她不允许机器碰她的麦子

怕麦子受伤

更不忍心机器瞬间瓦解她的麦子

她要牵着麦子的手

用身体感知它的温度

不离不弃

像牵一个知心爱人

甜甜蜜蜜地牵进洞房

没有父亲的老年节

九月九，我去看母亲

每次去都发现母亲在看父亲

父亲去世了很多年

母亲依然在寻找父亲的影子

老母亲开始擦拭父亲的照片

父亲的照片母亲守旧了

去年的老年节翻成了新的

本来没有灰尘的照片母亲还是来回地擦着

就这样，牵着父亲的影子走到今天

一肩爹一肩娘地扛着日子

在岁月的深处

母亲拄着拐杖支撑起儿孙满堂

不识字的母亲想办法把儿女们输成数字

想给谁打电话的时候就数数哪个孩子排行第几

有时候也数错了

打给别的儿女

这时候她就像惹了事的孩子

责备自己的糊涂

我担心将来的某一天母亲的眼花了

看不清每一个数字

我担心将来的某一天母亲的耳朵聋了

听不清孩子们的好消息

我更担心将来的某一天我这个从没喊过爸爸的嘴

对着电话大声地喊妈妈，妈妈

不能让爸爸领你走

我还没来得及疼你

还没说声我爱你

我在牧羊人身后写诗

牧羊人赶着羊群在山坡上

吃草

我在牧羊人身后

写诗

羊群吃了这片草地又吃那片

我写了这首写那首

羊吃得很认真

我写得很仔细

我清楚地看见两头羊斗起来

牧羊人一鞭子把它们抽开

头羊朝着开满鲜花的草地奔去

接着一群羊奔了去

羊儿们吃着遍野的花草

吃得很起劲

牧羊人笑了

他大概想象到了一只只肥硕的羊进了屠宰场，进了千家万户的饭桌

接下来他哼着小曲清点手中的钞票

我开始写另一首诗

开头第一句

写遍野的花草在牛羊眼里只是可口的饲料

第二句

写花草中的羊群是千家万户的美食

第三句写什么呢

写牧羊人举起长鞭是一种幸福

写我欣赏遍野的风景是一种幸福

写劳动者挥发着体力劳动比花钱健身幸福

写高脚杯泛起的一波红酒在泪光中想到家乡的小河是幸福

就写春天是幸福的起点吧

春天来了，耕耘吧，兄弟

后　记

　　在阳光经过的日子里，我总想把日子里的许多故事拿出来晒一晒，摊晒那些被雨淋湿的恩怨、利益纷争的纠缠、情义难取的徘徊、喜怒哀乐的泪珠、发了霉的守望、花开花落的无奈、生命道义的选择等。

　　阅历比故事丰富的人，常把故事装在心里，装作若无其事，人生稚嫩装不下故事的人会把故事挂在脸上，与故事为伍的人，把故事当成了空气，格局之大可比天地。

　　摊晒故事是沉默也是表达，人生的全部意义就是活成一段有阳光的故事，追求一个幸福的生活。纵观所有生命过程，会发现，不可能整个人生全都在幸福中经过，但也不会都在苦难中徘徊，每个人都有过幸福的瞬间，如大病初愈、久别重逢、失而复得、虚惊一场、不期而遇、如约而至、未来可期……细想起来，故事的长短，结尾的好坏自有它的道理，上天不会无缘无故做出莫名其妙的决定。岁月赏赐与惩罚自有它的理由，老祖宗的教导很耐人寻味，天将降大任于斯人也，必先苦其心志，劳其筋骨，饿其体肤，空乏其身，行拂乱其所为。所以，当不如意到来的时候，要好好地稳住自己，要明白，这是上天赏赐你的考验，所有的丢失，是你得到的前兆，所有的彷徨，是你腾起前的热身，所有的支离破碎，是你幸福圆满的聚合。

世界的金、木、水、火、土，酸、甜、苦、辣、咸哪一样都是故事，都与日子有关，这些故事在文学爱好者或艺术家眼里加工成了敲心的艺术品。书中我的长篇小说《转正》是篇长故事，这个长篇小说向人们展示了大运河畔一群老师们爱着痛着的故事，唱响了一曲凄楚昂扬的正气之歌。其余的几个中篇有大学生励志报效祖国的，有老人们将此去的人生化作春泥更护花的，最幸运的一个短篇小说《幸福房子》，是可怜天下父母心的，该小说被德州星感影视公司拍成了微电影，喜出望外的是，还获得了不少荣誉，从市到省到国际接踵而来，网上的点击量也日过千万，有的媒体曾用"燃爆"说过此事。观众的认可给了我莫大的安慰和鼓励，本着讲好中国故事的心愿，满足观众、读者的要求，近几年，除了续写了《幸福房子》，我还写了一些诗文，有小说，有散文，有诗歌，感觉自己就像一个木匠，每当拿起一块木头就琢磨适合做橱子还是小凳子，实在不够材料就做成了一件小艺术品。

想把书中全部的内容一一详尽，却发现是件不容易的事，再三思考之后猛然发现，呼之欲出的每篇文章的题目涵盖了我的心意。下面就用文章的题目表达一下我的心情吧！

我在幸福房子里，静看繁花盛开，太阳照在窗外的树上，洒进美妙诗意的斑影，放眼望去，村庄与高楼并存，窗外的父老乡亲在希望的田野上，谈论着与庄稼有关的话题。此时的我想起了青春年少的伙伴，想起了风筝飞的憧憬，想起在大学的最后一个春天里发生的五彩缤纷的故事。

命运把我放在了三尺讲台上，我把它看成了我的神州大地，我在上面苦苦地磨炼，磨炼成一名合格的公办教师，实现我转正的心愿。每当我仰望繁星日月，我就想我的学生，他们长大了都去了哪里。我的家乡在运河畔，我的校园也在运河畔，那里的一草一木都牵动着我的心，多少次我行走在大运河畔，拭目千秋明月，徘徊很久。我深深地劝自己要把讲台上的故事咀嚼成温暖，35 年的教育经历啊，忘不了当经济大潮涌进校园这方净土的时候，教师们固守着几千年来的精神准则是多么难，在利益的冲击下依然不忘初心又是多么难！

但我们知难而行，我们始终坚守着爱的高尚，事业的伟大，人格的尊严。我们在难中前进，当遇到无人分担疲惫的时候，我们就强迫自己学会左肩换右肩，励志前行。

有五千年的民族文化滋养着我，我的血液里流淌着中国人强大的定力及民族自信心，我坚信只要自己和祖国的命运连在一起，人生就会有明亮的歌谣。

累了的时候也想寻一处静安喝杯茶，我站在家乡高高的运河大桥上，望断天涯路，等待春暖花开，想知道花开了你去了哪里。家乡的锣鼓敲开了幸福的日子，家乡脱贫奔了小康。

人生淡淡的乡愁，是每个人心里解不开的结，如此心境，常常袭击我的心灵，我在家乡这片神奇的土地上，在牧羊人身后写过诗，抒怀过大美黑陶畅想曲，我的目光深情地穿梭过家乡的树，当麻雀飞过的时候，我沿着麻雀的理想，看见了母亲对麦田的守望。在没有父亲的老年节里，我非常想念老娘，我想起爹娘十二月，我寻找岁月里的母亲。我常常感叹母亲的老运，她90岁了还没享过清福，做儿女的倍感惭愧。记得有位大德说过，每一位母亲都是一尊菩萨，面对孩子我将无我。我的母亲更是如此，她的世界是一部心经，能度一切苦厄。

人生的故事就是一幕幕精神谱系，往往感情在算计中走远，日子在岁月里历练，用双手创造着幸福生活，手放在哪里就很关键，因为手的姿势决定着思维的定位。看小桥流水还是惊涛拍岸，是格局也是情怀，只要是幸福的目光就好。我看过英雄的贺兰山，我称为父亲山，看过许多地方的英名墙，伟人的故居，哪里有什么岁月静好，只是他们为我们阻挡了风雨而已。历史不会忘记英雄的儿女们，贤人大德们。

山河无恙，感恩护佑。清明节是感恩缅怀的高潮，清明雨纷纷泪下，因为活着的人和死去的人之间有过许多故事，所以缅怀，所以牵念！如果这不是故事，你就把它看作一首诗，其实人生的最终姿态都是一颗诗心的模样。我感觉金庸的小说都是诗，是一首首英雄正义的诗，慈心持空剑的诗，是大道天成的诗。如今金庸走了，但他书中的大侠还在。

人类的命运终将是一个共同体，和平相处是人类共同的话题，慈悲为怀不只是修行者独有的情怀，这是万物共生的宇宙召唤。

这本书完稿于2020年冬至的夜里，这一年新型冠状病毒肺炎骚扰了人间，发烧、咳嗽、口罩、隔离、核酸检验成了世界的常态，从此人们非常珍重健康，因为活着是所有意义的意义。人生如此，缘来如此，愿阳光经过的日子，满满的都是福。

丰玮于2021年元月一日深夜